文創風
love.doghouse.com.tw

狗屋硬底子，臺灣文創軟實力，原創風格無極限！

狗屋硬底子，臺灣文創軟實力，原創風格無極限！

文創風 003

不想百年卻好合

櫻桃牡丹 著

目錄

自序

櫻桃牡丹

小說最大的魅力，就是世界可以無限的寬廣。創作者的最大福利，無非就是能讓那個無限大的世界，更加的無限大。因為對我而言，當我拿起筆（應該說手貼在鍵盤上）的時候，我就是那個世界的主宰者。

當我們還是孩童的時候，腦海裡一定都有著許許多多的「為什麼」。當我們逐漸的成長，腦海中的問號開始漸漸的消失，生活也開始變得無趣。巷口的那家便利超商，其實暗藏著隨時都可能開啟、把人傳送到過去或未來的隧道呢？曾經教過自己的歷史老師，也許是一個已經活了數千年的精怪，所以他的歷史教得比誰都好。也許，某個獲得發明獎或是諾貝爾的天才，是一個某天不小心從未來掉到現在的可憐蟲，他只是把當時連小孩都做得出來的東西，做出來罷了。

戴上創意的眼鏡，看這個世界，什麼都變得有可能。在幻想的世界裡，過去與現在，現在與未來，不再有分界線。我總是幻想著，深愛著自己的幻想，讓自己的雙手隨著想像力奔馳在黑白交錯的鍵盤上。

我喜歡創造世界，更愛闖進自己所創造的世界，跟我所描寫的人物一起冒險，看著男女主角親熱而臉紅心跳，不時還會為他們流幾滴感動的眼淚。我相信，文字具有力量，當他們被創造出來的時候，已經是個有生命的個體。唯有相信世界有無限的可能，小說的世界才能無限的寬敞。

你相信，我的相信嗎？當你翻開手上這本書的時候，注意一下四周，也許正有個悄悄盯著你看的人，不小心露出藏在他身後的狐狸尾巴。

請準備好想像力的3D眼鏡，一起來感受活生生的小說世界！

最後請容許我由衷感謝正在看這篇自序的你們，以及給我很大信心和勇氣的編輯和強大的編輯團隊，更重要的是出版社有這麼一個書系，給了我一個用如此面貌出現的機會。

深深的感謝長期支持我寫作的朋友們！謝謝你們以及我愛你們！

楔子

是夜。

夜裡傳來急促的呼吸聲，接近囈語的低喃，交揉出滿室溢出的情慾……

躲在屋外偷窺的雲牡丹癟嘴瞇眼，冒著可能會噴著鼻血引發失血過多昏厥的風險下，認真地在做筆記，奮力地想要為另一頭正在「努力做人」的一對佳偶畫張「共赴巫山雲雨特別動作示意圖」……

可是「傳統姿勢」她實在是畫過太多張，師傅之前說過這招是「蝴蝶滿床飛」，了無新意，但她怎麼看都像是青蛙翻肚開腿，哪來的蝴蝶？只怕今天回去是沒法子交代了。

更何況眼下這一對佳偶又不似前面張三隔壁的陳秀才那樣花招百出，說到陳秀才，前些時候納了兩房妾，新婚當晚還來個燕雙飛，而且「道具」很多，從毛筆、黃瓜、苦瓜、茄子、玉米到擀麵棍。

那張「燕雙飛」可讓雲牡丹得到師傅難得的讚賞……

說到這兒，雲牡丹究竟是何許人也？

雲牡丹不過就是一個沒落古國的遺族，但是她有一位名喚藺子狐的狐仙師傅。

至於雲牡丹為何會躲在房舍外偷窺？

這還得拜數月前之賜。

那時，樹梢染了一身紅紅火火的秋氣。山野林間傳來一陣又一陣哀號討饒的聲音……

「我的好徒兒，妳再這樣叫下去，不知情的人還以為這兒在上演活春宮吶！」

「師傅，徒兒也不是故意的啊！徒兒見師傅想念火蓮想念得緊，才冒險潛入中曇國皇宮想替師傅摘一朵。誰知……」

雲牡丹雙頰嫣紅，揉了揉自己的肩膀，拉上褪至胳膊的衣裳，嘟著嘴嬌嗔著。原本細白的皮膚，此時卻紅了一片。

「誰教妳平日打混摸魚，功夫不嫻熟，被中曇國皇宮內的大內高手打了哭爹喊娘地逃回來。真是沒規矩！雲牡丹，先不說妳是雲朝古國的繼承人，好歹妳也是我徒弟，功夫還未夠格，就敢學飛賊一樣潛入宮中，像話嗎？」

「是師傅您不讓我下山的啊！」而且若不是師傅叨叨唸唸著火蓮子，她又何苦來哉？雖然不知道師傅要那朵火蓮幹麼用，她還是出於一片「孝心」想為師傅取來啊！

「還說！再說我就打妳屁股！」

男子名喚藺子狐，面容斯文、體態清瘦，左看右看都是個美男子，但就是眼神忒邪魅了些……

這一師一徒藏身在中曇國的邊境上，山上風光明媚，山下熱鬧喧騰，臨界還有東霽國、南雷國、西靈國以及北霧國。但過去那可都是雲朝的領土，如今天下易主，誰又記得前朝往事？

數百年前一統這中土大陸的雲朝古國，在禁錮的詛咒下，於百年前消失在歷史的洪流之中。而這片中土大陸由當時的五大姓氏分裂成當今的五國鼎立……

這天無絕人之路，雲朝古國唯一血脈——雲牡丹的存在，可否也能算是老天爺有心的安排？

「師傅，您別生氣了，牡丹再也不敢私自下山了。還有您記得把尾巴收起來，外人見著了會崩潰的。」

「雲、牡、丹！」

藺子狐氣得平日的修身養性都不見蹤影，眼神一個閃爍，銀白的重瞳乍現，咬著雲牡丹的衣裳，輕輕踏躍，一縱身便離地幾丈遠……

雲牡丹就這麼被橫掛在參天古樹上，動都不敢多動一下。

「師傅！快放我下來啊！」

藺子狐拂了拂衣，對於雲牡丹的呼喊聽若未聞。

是的，藺子狐確實是一隻狐，而且還是一隻修道成仙的狐。

照理說，成了仙應該清心寡慾，可藺子狐卻覺得當了狐仙之後，竟比當隻小狐狸還要無趣。

他孑然一身在這無趣的塵世中顛簸來去，直到十七年前，藺子狐於雲朝古殿的遺跡裡，見著了一名垂死的忠僕和襁褓中的雲牡丹，那僕人用最後一口氣請求他將前朝雲國公主送入中曇國託孤。

藺子狐正想著當作沒看見時，雲牡丹那雙肥短的手竟抓著他的尾巴發出格格的笑聲。那純潔無瑕的笑聲，鑽入耳裡，讓藺子狐猶豫了……猶豫之後的結果，就是藺子狐變成雲牡丹兼具保母性質的師傅。

而轉眼就這麼過了十七年。

藺子狐不時覺得自己應該要撇下這個麻煩的徒弟求個清淨，但要將自己一手拉拔大的徒弟送入中曇國宮中、當別人的傀儡娃娃，又不稱他的心意。幾番內心掙扎，雲牡丹還是留在他的身邊。

反正藺子狐早就不指望雲牡丹能學會什麼仙術，也壓根兒沒想過要把雲牡丹調教成大家閨秀，養人是一時興起，調教又是另一個樂趣。

當年那個格格笑的胖娃娃，現在也十七歲了，烏黑的長髮襯得她一身嬌弱，水汪汪的大眼、小巧的鼻子還有紅菱粉唇……氣質水靈伴隨著天真無邪。

「求求您！師傅！您是這個世界上最偉大、最俊美、最有才華、最厲害、最……最好的狐仙師傅了！求求您饒了牡丹吧！」

藺子狐翻了翻白眼，還想著過往之事就被雲牡丹像殺豬一樣的喊叫聲喊到一點氣氛也沒了。

一出手，幾丈白綾射入空去，雲牡丹抓著白綾顫抖著爬了下來……

「肯不肯好好學功夫？」

「肯！當然肯！只要師傅肯教，牡丹一定好好學習！」

「那好，還不去給我練功夫……真的是白教妳了！學了這麼多年，手腳功夫沒長進，就是滿嘴胡說八道！」

雲牡丹知道師傅不責怪自己了，吐了吐舌頭，抓著白綾開始練習功夫……能有個狐仙當師傅，這是多少人作夢都不敢夢的事兒。

這些年來躲在山上，也不是沒見著一心求仙道的人啊、妖啊的，上門求見。但師傅只是說徒弟他有了，一個就夠麻煩了！通通都給打發走了。

這話聽在雲牡丹心裡是挺受用的，沒錯！徒弟有她一個就夠了。她從有記憶以來，便一直跟師傅生活在一起，師傅就是她的天，就是她的一切，隨著她年紀越來越大，這種感覺越來越強烈，她希望能跟師傅兩人永遠一起生活下去……

雲牡丹望著藺子狐，不禁嬌笑著，臉上雙頰紅撲撲的。心底想著，若不明說，誰又知道眼前這個比花兒還要美的師傅是狐仙呢？

師傅男兒身的時候，身高一米八五，體態精瘦，臉蛋溫文俊俏，走在路上多看姑娘兩眼，對方就臉紅心跳得昏倒了。

師傅是女兒身的時候，身高一米六五，體態勻稱，精緻的臉龐，流轉煙波迷離的眼神，多看男子幾眼，對方就噴出鼻血倉皇逃開。

有這樣堪稱人間尤物的師傅，凡夫俗子又怎能入自己的眼呢？

那一點小心思，藺子狐看在眼裡，卻又忍不住嘆息……這小妮子滿腦子古靈精怪，真的是該學會的沒學會，不該學的還無師自通。

「牡丹，妳給我過來！」

「是！師傅！」

「為師要懲罰妳！」

「師傅，您剛剛不是已經懲罰過了嗎？」

「那還不夠！既然我是妳師傅，妳就得好好的給我學！限妳一年之內交出九百九十九張春宮圖，我就原諒妳私自下山的魯莽行為，做不到就把妳逐出師門！當我狐仙喫飽太閒啊！」

「啊！」

「妳可別忘了，妳師傅我，是狐仙，狐仙還未成仙之前是狐妖，狐妖最擅長的就是狐媚之術，明年北霧國有隻狐妖修行也滿千年了，我打算就送上妳畫的九百九十九張春宮圖慶賀，順便讓那些道行稍淺的狐妖，見識見識什麼叫做魚水之歡……」

「非得畫不可嗎？」

「妳有意見？」

「不敢！」

「妳除了畫，還要給我看仔細，人的七情六慾都是值得參考的，要給我做筆記，認真的學習狐媚之術。懂嗎？」

「不懂……但是徒兒會聽師傅的話，努力在一年的期限之內畫出九百九十九張春宮圖！」

「而且每幅圖不得有重複！」

「是！」

於是，雲牡丹趁著每個夜晚造訪無數人家的閨房，偷窺著男女歡愛。

而藺子狐則拿著雲牡丹的筆記寫點眉批，當作是休閒嗜好。

至於雲朝古國在季節的更迭中，逐漸被人們遺忘了……

第一章　多情總被無情傷

蘭子狐師徒倆這恬淡安逸的日子沒能持續太久。風聲疾行，一男一女在盤根錯節、古木參天的山野林間追逐著。

聽個仔細，那名男子上氣不接下氣地拔腿奔跑，而追在後頭的女子中氣十足地追趕著他。

這騷動，讓蘭子狐從一堆圖稿當中抬起頭來，而雲牡丹則是注意到師傅的動作而停下了手邊的「工作」……

雲牡丹哀怨地望著堆了滿室的圖紙，七百八十三張春宮圖稿，能入師傅眼的，竟然不到一半。

「牡丹，妳出去瞧瞧吧！那個男子身上中了毒，恐怕也撐不多久了。」

雲牡丹一聽見可以出去瞧一瞧，迫不及待地扔下紙筆，抹了抹臉，提步衝了出去。

這些年來，雲牡丹學得最好的功夫大概就是「凌波微步」。乍看之下是踩著細碎的腳步，但實際上是左傾右晃的上乘輕功。

雲牡丹趕到的時候，那名少年身上的衣物已經被扒得精光，眼神驚慌伸手護住自己的下身……

「賀家二小姐，請您自重啊！」

「自重？笑話！水無月，我賀芙蓉看上你，是你的福氣。你中了我賀家的『須彌合歡散』，一個時辰之內一定要與人交歡！否則藥性發作，你可是會全身筋脈盡斷，七孔流血而死……算一算你從賀家大宅跑出來，也過了半個多時辰了吧！這裡人煙罕至，水無月啊！和我好上，你就擁有賀家的庇護，這可是讓你占盡便宜的好事呢！」

「賀芙蓉！我與妳無怨無仇，妳又何苦用媚藥來逼迫我？或許賀家勢力不小，但我水無月不屑入賀家，更不屑為了解毒和妳燕好，我寧願死也不會碰妳！」

瞧！這說出口的話兒，是那麼樣的傷人刺耳……

雖然這已經不是賀芙蓉第一次被水無月拒絕了。

若不是水無月屢次拒絕，甚至無視賀芙蓉的求愛，賀芙蓉怎會想到要用「須彌合歡散」來逼水無月就範呢！

賀芙蓉愛著水無月，深深愛著，愛到不可自拔。

打從賀芙蓉見著來賀家作客的水無月之後，看見一臉俊秀的他，就喜歡上了。

那年，賀芙蓉十四歲，水無月十六歲。

轉眼，四年過去了。

在這四年之內，賀芙蓉想盡辦法就是無法討水無月歡喜，賀家人丁單薄，據說賀家大小姐賀茯苓因為宿疾而無法受孕，想振興家業也得有人可以開枝散葉才行……

賀芙蓉喜歡水無月這件事情，整個賀家上上下下，就連廚房大嬸隔壁鄰居的表叔公都知道，賀家大老爺賀黃耆更是看在眼裡放在心底。

只是男歡女愛無法強求，賀黃耆只能默許自己的二女兒大膽狂熱的示愛，卻幫不上忙也不想幫忙。因為賀黃耆心底有其他打算，盤算著賀家產業到底該如何維繫下去，和水無家的聯姻是否是唯一的選擇？

眼看賀芙蓉都十八歲了，而賀茯苓身體又日益衰弱，不知道是誰在賀芙蓉耳邊吹風，說要沖喜才能讓賀茯苓身體康復。

適逢水無月又在賀家「例行性」的做客，賀芙蓉二話不說，拿著賀家獨門的「春藥」意圖放手一搏。

水無月雖然知道賀芙蓉喜歡著自己，但可從未想過賀芙蓉會失心瘋到用媚藥逼迫自己就範，他在毫無防備的情況下中了「須彌合歡散」。

在深知自己中毒的那一刻，水無月想都不想拔腿就跑。他對於賀家獨門春藥早有耳聞，今日中毒之後更能感受到藥性的可怕，要不是他有些武功底子，稍早之前就已經被賀芙蓉下藥得逞了。

只是「須彌合歡散」唯一的解藥就是必須交歡，在這山野林間……

「不會吧?!這位姊姊您也太衝動了！」

「妳是誰？」

「我是雲牡丹，路過打醬油的。你們繼續，不用理我，可是吼，我必須告訴你們，『須彌合歡散』的藥性不解不至於死人啦，頂多就是陽痿而已……過去宮中都很人道的用『須彌合歡散』讓男子淨身。」

「妳這個打醬油的給我滾遠一點！妳要是膽敢壞了我賀芙蓉的好事，我就讓妳死無全屍！」

「我不會壞了妳的好事的。借問一下，妳能不能不要這麼猴急，等我回家拿個紙筆，把妳英勇剽悍的事蹟畫下來孝敬我師傅？」

「妳……妳不要臉！」

「我要臉啊，妳聽不出來我只是禮貌性的說說而已嘛，妳不想等就繼續吧！這不是我自誇，我記憶力很好，妳趕快動手，我回頭再畫也可以。妳想用哪一招？我最近看了不少，也許我還可以給妳一點顧問意見參考參考……不收錢的，真的。」

「妳……」

「我怎樣？妳趕快做啊，再廢話下去那個人就會從此『不行』喔，妳不是很想『喫』了他嗎？」雲牡丹認真地發表著高見。

常聽人家說，男追女隔重山，女追男卻隔層紗。可眼下似乎不是這樣，畫了七百八十三張春宮圖，沒有半張是由女方主動的圖畫。

雲牡丹真是迫不及待地想要賀芙蓉趕快動手「喫」掉水無月，好讓自己有靈感回去畫張新鮮刺激的「共赴巫山雲雨特別動作示意圖」交差。

當然交差是一回事兒，能獲得師傅的讚賞才是最重要的，師傅的笑容對於牡丹而言，就是最好的獎勵。

「妳現在是笑話我不敢是吧？」

「怎麼會！妳都下了藥還追了出來，可見妳『喫』意甚堅，我怎麼會笑話妳呢？欽佩都來不及了。快上吧，作為我們女子的楷模，我支持妳。別浪費時間了，上吧！」

水無月幾乎是用絕望的表情望著眼前對話的兩個女子。現在誰能好心一點給自己一刀痛快，自己下黃泉都還會感激。

現在這個世道是怎麼一回事兒？

這年頭的女子都如此的膽大妄為、不知檢點嗎？

這女孩兒冒出來的時候，他還暗自高興了一下，可這女孩說的話語卻讓他像是死了又死……比生不如死還要慘。

「牡丹！我叫妳出來瞧瞧，妳是不會瞧過了趕緊回去通知我嗎？還要我親自出來拎妳回去！」

「師傅啊，機不可失啊！」

「機不可失什麼？下毒用藥非君子。不過既然是女子，也就談不上君子非君子了。」

蘭子狐踩著一身輕盈，緩緩地出現在水無月面前。

水無月看著穿著一身白的男子，像神一樣的出現，全身散發著一抹難以言喻的聖潔，而賀芙蓉更是看著蘭子狐看到癡傻……

這世間上，怎會有男子長得如此俊美？那雙眼是那麼樣的深邃，那雙唇是那麼樣的誘人。相較之下，水無月就顯得廉價多了。這是檔次的差別，就像是滿漢全席和隔夜的餿菜，不對，是路邊乞丐和王公貴族。

「喂！不要看著我師傅流口水，沒禮貌！妳再色迷迷地盯著我師傅看，我就戳瞎妳雙眼！」

雲牡丹看著賀芙蓉注意力都被自己師傅吸走，心底是又急又氣。

雲牡丹心裡不知為何十分不喜歡其他女子這樣盯著自己師傅看，但她認得那種眼神，太多女子看著師傅的時候，彷彿師傅在她們眼中是一塊上等肥美的五花肉似的……

就當賀芙蓉把注意力放在藺子狐身上時，藺子狐露出一張招牌的狐狸微笑臉，用兩根手指像是拎垃圾一樣的將水無月拎了起來，躍上樹枝，往山居小屋而去，起落之際輕輕巧巧的，彷彿水無月一點重量也沒有……

而水無月也看藺子狐看到呆掉，但雙手還是不忘護在兩胯之間。

「剛剛那個人是妳師傅？」賀芙蓉問。

「是啊！」

「他叫什麼名字？怎麼會住在山野林間？妳可有師娘？」

「我師傅叫藺子狐，我們愛住哪裡就住哪裡，師傅有我就好，我也不需要師娘，妳別想打我師傅主意。」

雲牡丹露出厭惡的嘴臉，朝著賀芙蓉吐了吐舌頭，撇了撇嘴，跟著師傅離去的腳步消失在賀芙蓉面前。

賀芙蓉失魂落魄，但不是因為水無月。

雖然無法貼切形容她此刻內心的感受，可賀芙蓉知道，原來這世界上竟有比花還要嬌美的男子……好想脫光那男子身上的衣物，然後撲上去啊！

藺子狐可不是好心地要出手救水無月，而是想看好戲。

打擾了他們師徒安逸恬淡的相聚時光，沒帶來一點刺激，那怎麼成！

回到山居小屋，他等著賀芙蓉追趕過來，可左等右等只等到他那個迷糊的徒弟一臉氣呼呼地進屋，卻沒看見賀芙蓉。

「人咧？」

「還杵在山裡頭發花癡呢！」

「那這個怎麼辦？她不是快得逞了嗎？我還想著她會追過來，瘋狂地蹂躪這個少年的說……」

「吼！師傅，您也不想想您沈魚落雁般的花容月貌，那個女的從您出現之後就再也沒看過這個少年一眼了。您這樣叫做引誘犯罪！」

只見雲牡丹嘟著嘴、氣呼呼的模樣，像一顆水蜜桃又像等著怒放的花苞……藺子狐忍住笑掐了他寶貝徒弟的臉頰，順勢又將雲牡丹摟在懷裡。

「啊，真可惜……」

「是挺可惜的！我畫過一張男子對女子霸王硬上弓，就是沒畫過女子對男子霸王硬上弓。師傅啊，那這個男的要怎麼處理？扔出去餵狼？」

「他現在身上的體香混雜著春藥，扔出去搞不好會吸引母狼王出來也說不定。」

「啊！那不就變成……人獸交歡？」

「太刺激了！就這麼辦。牡丹，把人扔出去。」

「是，收到！」

水無月瞪大了眼睛，聽著眼前這一師一徒的對話，愈聽愈心驚。

這對師徒還真像毒物，就像藏在深山空谷的絕品，怒放得愈美的花兒，愈有毒啊！而且天下間哪有師徒的關係是這樣的，居然不避嫌的摟摟抱抱，與其說是師徒倒不如說是情人。

當雲牡丹走進自己身邊時，水無月用著最後的氣力撞開雲牡丹，昏死過去……在失去意識前的千分之一秒，水無月想著自己竟然對男子有了異樣的感覺。

雲牡丹蹲在地上，用手戳了戳水無月，確定對方昏死過去，然後一把抓起對方的頭髮，企圖往屋外拖出去。

「師傅，這個人身子有點沈呢，徒兒拖不動。」

「那就扔著吧！」

藺子狐看著自己的徒兒，愈想愈覺得不對勁……

雲牡丹到了這個年紀，多少也該對異性有點「感覺」才是。但派雲牡丹出去畫春宮圖，圖也畫了七百八十三張，男女之間的房事也窺探了七百八十三次，這小妮子卻一點感覺也沒有。

這要說雲牡丹還沒開竅嗎？

還是要算自己教育失敗？

「牡丹，這個男子現在中毒，妳不打算救他嗎？」

「為什麼我要救他？」

「他是個人。」

「然後呢？」

「做人，要有惻隱之心。」

「師傅，什麼是惻隱之心？」

「就是……要對人好一點。」

「可是我又不認識他，我為什麼要對他好一點？還是我把那個女的找回來，讓她把他給『喫』了？」

蘭子狐瞇著眼，思考著要如何對雲牡丹機會教育？

說到底自己是個狐仙，對於人類太多複雜的情感有時是頂厭惡的。可自己又能留雲牡丹在身邊多久？是不是應該讓她學習著跟人類好好相處？

一想到此，蘭子狐作了一個決定，他要讓這個少年留下來，讓雲牡丹學習如何和人類相處。

但讓雲牡丹學會和人相處後呢？

自己就能落得輕鬆，撒手不管了嗎？

藺子狐一邊思考，一邊走到水無月身邊探了探鼻息，呼吸淺而急促，看來春藥的藥性已經走到心脈，再不出手解毒，這個少年日後不能人道也算殘廢了……

「牡丹，為師要留這個人下來。」

「師傅！你要收他當徒弟？」

「不是，我要讓他當妳的玩具——不對，我要讓他當妳的顧問！」

「為什麼？他憑什麼當我的顧問？」

「妳看看妳，當了我徒弟這麼久，一點狐媚之術都學不好，連春宮圖也畫不好，這傳出去，我這張帥臉要往哪擺？」

「師傅……我很努力了。您的帥臉天天掛在腦袋上，徒兒我都有幫您看得牢牢的。」

「有些事情不是光靠努力就可以，需要一點天分還要一點運氣。妳就拿這個少年做實驗，倘若妳能讓他對妳動心動情，甚至是想『喫』掉妳，那妳也算是成功的學會一丁點的狐媚術了。」

「師傅……不能有其他選擇嗎？」

「他不錯啦，如果是老頭子年老色衰又提振不舉，那才是悲哀。」

雲牡丹哪知道藺子狐在想什麼，蹲下來看了水無月好一會兒，嘆了幾口氣，走出去拔了幾根臭草往那個少年嘴裡塞。

這臭草可是萬靈丹，臭到連蛇蟲都討厭，水無月嘴裡塞了臭草，也臭醒了。

水無月看著眼前這一師一徒，笑容詭異，有些後悔醒過來。方才在睡夢中，那一點綺麗……是那麼的瑰美。

「謝謝兩位的救命之恩，水無月銘感在心。」

「銘感在心就不用了，既然牡丹救了你，你就跟著牡丹吧！等風頭過去一點，你再離開，否則剛剛那少女再尋來，對我們師徒也是困擾。」

「無月明白。」

「明白就好！牡丹，拿套衣服給他穿上，然後妳帶著他出去『戶外教學』吧！」

「徒兒知道……」

雲牡丹垮著一張小臉，心不甘情不願地扔了一套衣服給水無月，然後帶著工具，拖著水無月離開。

藺子狐這會兒又把注意力放回桌上的圖稿，怎樣也想不通，正常人看了這些春宮圖不應該是血脈賁張嗎？

但是一想到自己心肝寶貝徒兒也許會跟別人怎麼樣，心底不知為何的感到一陣不痛快。

雲牡丹可是他把屎把尿、一手拉拔長大的，看她哭、看她笑、看她從滿地爬，流著口水喫手指……到學會走路成天黏在他身上。

雲牡丹那可是他心頭肉啊！

小女孩長大了，是該多替雲牡丹打算。可是怎麼打算他都覺得不夠妥當，難道沒有更萬全的方法了嗎？

雖說一開始是打算讓她慢慢地獨立能自個兒生活，但是不知為何最近越來越不想雲牡丹離開自己身邊，總覺得在一起生活其實也很不錯……

藺子狐左想右想陷入一個苦惱，沒察覺到賀芙蓉循著雲牡丹的足跡來到了山居小屋門外，而藺子狐苦惱著的臉看在賀芙蓉的眼裡，卻變成了斯文憂鬱。

賀芙蓉透過門縫偷窺著藺子狐，咬著手絹，心裡激盪得七上八下，更是後悔沒把「須彌合歡散」給帶在身上，否則這時候就能把這個美男子給推倒……

賀芙蓉完全沈浸在自己的想像裡頭，自己是如何嬌羞又狂野的把美男子這個那個怎麼樣……

對於男女之間的情事，雲牡丹的確是看了不少，只是賀芙蓉的遐想和藺子狐的不痛快，放到雲牡丹身上都是白搭，她還不懂得為這煩心。她只煩今天多帶一個累贅在身邊，行動起來格外不俐落。

飛簷走壁是飛不了，只好翻牆摸黑走小徑，走到一戶人家屋簷下，雲牡丹傾耳貼著牆觀察著屋內的動靜。

那搖晃木床的嘎嘎聲響傳入耳，雲牡丹露出一抹微笑，趕緊攤開紙筆開始作畫。

水無月跟著雲牡丹，完全不知如此小心地潛入別人家是為了什麼，待看見雲牡丹正在偷窺別人行房，又惱又氣，又想到稍早之前自己差點失身，連忙制止雲牡丹作畫。

「姑娘！」

「幹麼？你走開啦，我這是在做功課，你要嘛就安靜，要嘛就跟著一起畫！我要是不能交差，就把你扔給賀芙蓉！」

聽到警告，水無月噤口不語。

水無月看著雲牡丹老練的在紙上勾勒出一張床，心底開始想著雲牡丹是什麼來歷？而雲牡丹那位俊美的師傅……又是做什麼的？難道這師徒倆是畫春宮圖為生的？

雲牡丹可沒錯過水無月臉上那一陣又青又白的表情，但是不熟稔人心複雜的雲牡丹還以為自己畫得不夠好，擺出正經的嘴臉，壓低著嗓子說——

「你是不是也覺得這樣太過於老套？我也想畫點不一樣的回去交差，只可惜啊，參考資料都是如此的千篇一律。」

「雲姑娘，您一個女孩家，夜半潛入別人屋房下畫春宮圖，按照中曇國律例，理當挖眼並罰鍰白銀一百兩啊！」

「欸！你不說、我不說，誰知道啊！做人呢，要愜意快活，這可是我師傅說的！我師傅還說，春宵一刻值千金。喏……我偷看人家行房也是萬不得已，就算被抓到，也值千金啦，怎麼算都是合理的買賣。」

「雲姑娘，可否告訴在下，為何您非畫不可？」

「我哪知道啊，師傅要我畫，我就畫！根據我畫過七百八十三張圖稿，我可以告訴你，哪種女子最受歡迎……就是胸前偉大、腰肢纖細、臀部渾圓而翹，這種最受歡迎，而且被打包回家的機率，不對！被迎娶回家的機率是百分之百！」

「雲姑娘，您可是未出嫁的閨女啊！」

「那更要好好見習啦！我師傅也說過，房事不快樂，凡事不快樂。做人若不能及時行樂，那比畜牲還不如。」

屋內那頭滿室旖旎，可屋外這頭蚊蟲叮咬很殺風景，外加水無月像是念經般的道德勸說從未停嘴，雲牡丹翻了翻白眼乾脆把包畫筆的麻布塞到水無月嘴裡。

這一塞，倒是讓水無月安靜了好一陣子。

雲牡丹手起筆落，在畫布上行雲流水飛舞般的快筆揮動，而屋內床板嘎嘎聲作響，交織著不算和諧的節拍，一張「共赴巫山雲雨特別動作示意圖」就這麼完成了。

這是第七百八十四張圖稿。

畫完之後，雲牡丹還得瞇著眼細細觀察，雖然這也不是第一次偷窺，但這卻是第一次結夥偷窺，感覺有些奇妙。

而這房中術呢！雲牡丹曾看過藺子狐撰寫的手稿，什麼「強精持久二十招」、「強精六秘功法」、「自練強精十五式」、「合歡九法、八益、七損」、「交歡三十九絕技」……看是看了，但畫了七百八十四張，就那些姿勢來去。

水無月見雲牡丹發了愣，趕緊拿下自己嘴巴的麻布，順便扯扯嘴鬆了鬆略帶痠痛的下巴。

「雲姑娘，您畫也畫好了，我們走吧！否則被巡夜的人看見了，我們恐怕得在衙門過夜了。」

「怕什麼！現在還早，到子時還能趕個三場。」

「什麼?!還要趕三場？」

「欸！時間就是金錢，這也是我師傅說的。我能早一日畫完交差，師傅才會教我新的東西。」

雲牡丹確定房裡的人已經欲振乏力也沈沈睡去，這男子不太中用，雲牡丹看著那女子等男子打了呼聲，翻身下床喝水嘆氣。

「這……」

「噓！別吵，看下去就是了！」

女子回頭看了床上一眼，躡手躡腳的踏出房門，拐個彎打開耳房的櫥櫃，一名男子從櫥櫃竄了出來。

這一男一女摸來摟去，男子的手不安分的在女子身上遊走，又是摸了一把胸，抓了一把臀。手沒閒著，嘴巴也沒閒著，親得火熱且忘我……

「偷……偷漢子！」

「錯！沒知識也要有常識，這是發洩慾望，正當的能量釋放。我師傅說過，陰陽不調和會內傷。這招可厲害了，這可是『壁隅採陰式』，真少見！我要趕緊畫下來。『非壁隅不辨，非壁隅不妙』，我可要趕緊畫回去給我師傅瞧瞧。」

水無月幾乎不敢相信自己的眼睛，這女子偷漢子偷到家裡頭，而且才剛和男子交歡過又馬上找另一個男子交歡……這擺明了是放蕩，為何雲牡丹會如此開心？還一邊作畫一邊嘖嘖讚賞，是自己見識太少嗎？真的是自己見識太少所以才覺得驚怪嗎？

等雲牡丹氣定神閒的畫完之後，攤開畫布努嘴吹了兩口氣。

也不知道是當下的氣氛太曖昧？

還是雲牡丹這個動作原本就惹人遐思？

水無月別開臉，動都不敢多動一下，生怕被雲牡丹發現自己的下半身……有異狀。

「雲姑娘，在下有些不適，可否容許在下先行離開一會兒？」

「好啊，反正這邊也畫得差不多了。這屋裡頭的是小翠，她嫁給陳老爺當妾，嫁到陳家半年，她洩慾的對象也換過五個。如果我沒記錯，這個男子應該是陳家的長工，小六哥。」

雲牡丹不但畫春宮圖，外加包打聽。對於她參考資料的身家背景，向來就是打探得一清二楚。

這都要拜月老廟廟口前的媒婆街所賜。

俗話說得好，有人的地方就會有是非。

尤其是男女之間，男子出去胡搞瞎搞叫風流多情，女子在家胡搞瞎搞叫偷人。這真是不太公平啊！

更甚，有人打著妻不如妾，妾不如偷，偷不如偷不著的藉口，白白要了別人的身子卻不想負責任……

雲牡丹為了尋找合適的「參考資料」，還去媒婆街兜晃了好幾天。

沒錯！整個中曇國的都城，只需要幾天就能把每一家的底細給打聽出來，當然這也包括了賀家。

「媒婆街？」

「走吧，我們邊走邊說！這媒婆街就在月老廟外，一開始那兒並不熱鬧，直到許多人到月老廟求姻緣，媒婆一個接著一個出現，幾年前那兒就是非常有名的媒婆街了。媒婆街再過去兩條巷子就是算命街，還有……欸？你都不知道嗎？」

「在下是北霧國人士，每年都到中曇國賀家做客一個月就返回北霧國，所以對都城，不怎麼清楚。」

「你是北霧國的人？」

「是的。」

「真巧！那你更能安心住下來了，我看賀家你也不用回去了。我跟我師傅過陣子……也就是我『作業』完成之後會去北霧國一趟，屆時你就跟我們一起上路吧！」

雲牡丹這番話說得直爽，可聽在水無月耳裡又是另外一番解讀……

也不知自己是否因賀芙蓉過度熱情而餘悸猶存，又或者是被雲牡丹畫春宮圖那番豪爽給震懾，水無月無從回應雲牡丹的話語。

看著雲牡丹的嘴一開一合，水無月的腦袋裡閃過無數畫面，那種想吻上去的衝動像火苗一樣竄起，可理智又將自己腦中不純潔的思想給壓下去……

這內心腦海小宇宙爆發，外人是看不出來的。

水無月心中頓時又想到賀芙蓉，回去之後是否該修書一封給賀府？

還是裝死耍賴不當一回事兒呢？

離開都城回到山上，雲牡丹還心情大好嚷著要喫宵夜，在月色的襯托下，水無月看著雲牡丹，彷彿看見了仙女……

正想說點什麼的時候，就看見雲牡丹臉色一變，衝向前去。

「妳想做什麼？」雲牡丹質問賀芙蓉。

「要妳管！」

「這兒是我家，裡頭是我師傅，誰說我不能管！這裡不是賀家，妳想來去自如還要我同意呢！」

水無月看著說沒幾句就扭打成一團的雲牡丹和賀芙蓉，本想上前勸架，卻看見雲牡丹的師傅——藺子狐瞇著眼對他招手。

水無月拿著畫具，小心的繞過「戰場」走到藺子狐的面前。

只見藺子狐攤開畫，淺笑了兩聲，逕自進屋去，彷彿外頭的喧鬧是假象。

水無月看著原本刻意打扮過的賀芙蓉，臉上的妝容現在已經是一把泥、一把土，而身上的衣物原本就單薄，這下更是被雲牡丹扯破了好幾處，還露出了褻衣。

這時屋內飄出幾丈白綾，把賀芙蓉和雲牡丹纏得牢牢的綁到樹頭上去了，水無月才回過神來。

「慘了！」

「哼！知道我的厲害了吧！」

「妳那三腳貓的功夫叫厲害，我就是天下無敵了！我說慘了，是真的慘了，我師傅生氣了！」

雲牡丹一張小臉垮了。心底想著九百九十九張都還沒畫完了，這下再多來個幾張，白己都甭學功夫了。

風，颳過一陣又一陣，遠處一聲聲狼嗥，讓賀芙蓉和水無月頓時緊張。

可雲牡丹哪管什麼狼嗥，在雲牡丹耳裡，那些狼嗥不過就是母狼王不屑那些野狼，導致野狼欲求不滿的哀嘆而已。

這是她師傅說的。

師傅說的都是對的！

「牡丹，還不進來幫我整理圖稿！」

雲牡丹聽見師傅的叫喚，像小狗一樣的亮起眼睛，扭了幾下身子就從白綾的束縛中掙脫，開心地跑回屋內。

而屋外，賀芙蓉掛在樹上，水無月站在樹下，兩個人對看了一會兒……

「水無月，你我兩家早早就約定好你跟我家姊的娃娃親，我姊姊身體孱弱，你現在想反悔不成？」

「我沒有要反悔，也不打算反悔，不管賀大小姐身體如何，我都會如期迎娶。」

「那你可曾想過我？我會比茯苓差到哪裡去？」

「賀家二小姐，緣分天注定，先是我與大小姐有婚約在先，對於妳，我水無月無任何想法，若非妳三番兩次攪局，我早就將賀大小姐迎娶回北霧國了，不是嗎？」

水無月一掃早些時候見著賀芙蓉的那一臉驚慌失措，定了定神說出自己的想法。

「賀茯苓哪一點比我好？她只是一隻病貓子！憑什麼得到所有人的關注？」

水無月沒有回答賀芙蓉的話語，畢竟，賀芙蓉被寵壞，也不是一天、兩天的事情。

賀芙蓉嬌縱習慣了，又怎能受得了自己的冷淡以對，又或說是大家習慣性的敷衍賀芙蓉，才導致賀芙蓉一年比一年嬌蠻？

「還請賀家二小姐回去告訴賀老爺，我水無月這次打算帶大小姐回北霧國成親，至於入贅之事，原本我很猶豫，但我現在坦白說，我不想入贅到賀家，更不想再看見妳。」

水無月話一說完，轉身回到屋內。正想著也許屋內這對師徒會問自己些什麼，自己該怎麼開口解釋，但只見雲牡丹拉著她師傅，擺出「姿勢」正在解釋著「壁隅採陰式」……屋內說有多曖昧就有多曖昧，但當事者是一點自覺也沒有——

「所以小翠先跟陳老爺例行公事完之後，就跟小六哥『壁隅採陰式』了一番？是這樣嗎？」

「是啊，可是這個姿勢真的會舒服嗎？我看小翠咬著小六哥的肩頭，都快咬出血來了……」

「這可是偷情必備的絕招呢！舒不舒服是其次，重點在於方便快速又刺激。」

「方便快速又刺激？可是師傅啊，你不是說過交歡的時間愈長，愈損元氣嗎？那太刺激會不會對身體不好啊？」

「我的傻徒弟，刺激才好啊！這招夠刺激，小六哥應該沒幾下就會棄械投降了。小翠真是愈來愈厲害了，再這樣下去，就算陳府待不下去，她去春滿樓也很喫香。」

「是啊，春滿樓最近也要聘請高手指導姑娘。師傅，這次您要去嗎？」

「是該走一趟啦！畢竟春滿樓的嬷嬷出手一直都很大方。下次去的時候妳就故意不經意的告訴她小翠的事兒。想來小翠大概也不想待在陳府了吧，如此招搖的舉動，擺明是豁出去了……」

「師傅真是佛心來著！」

「那當然。」

水無月聽著這對師徒對話。

實在是很難理解他們到底是想幫人？還是想害人？

這小翠偷情的事情傳開來，就算不被陳家老爺打死，也會被街坊鄰居唾棄到死。

「這……恐怕不妥吧！」

「喔？有何不妥？」

「這……小翠本是陳家的小妾，倘若她……不守婦道的事情傳出去，恐怕會發生什麼。」

「救人一命勝造七級浮屠，我就是在救小翠啊！她本是三世妓女轉世，我讓她有機會到春滿樓『服務鄉里』就是在幫她。春滿樓的嬤嬤手段很高明，就讓嬤嬤送陳老爺兩個清倌換一個小翠，這是一個多麼值得的買賣。」

「可是不會有人放著清白人家的侍妾不做，跑去春滿樓……『服務鄉里』吧！」

「這你又不懂了！她不守婦道的事情傳出去，還不如去春滿樓光明正大要來得輕鬆。更何況，她可是裡子、面子都賺到了！春滿樓的嬤嬤當然不會說她是看上小翠夠放蕩，所以願意拿兩位清倌跟陳老爺換人。」

「所以是大家都會以為是陳老爺喜新厭舊把小翠賣到春滿樓？」

「可不是嘛，你腦筋還轉得頂靈光的嘛！」

水無月無言了。

真的不是很明白這對師徒是怎麼回事兒？

雖然不合乎道德倫常，可他們這樣的計劃，似乎也是誰都沒有損失。

但是就是有著說不出的違和感……

更別說藺子狐對雲牡丹的寵溺，讓水無月分辨不出自己到底喫誰的味？是忌妒雲牡丹有如此俊美妖媚的師傅？還是羨慕藺子狐有如此純真俏麗的徒弟？

但師徒兩個人都是一樣的容易令人想入非非啊！

「傻瓜！你不用再想啦，我師傅今天可是佛心來著，你就別攪亂了我師傅今天的好心情。外頭吊在樹上的那一個，你趕緊領走吧，要是她再敢企圖偷窺我師父，我就去她家把她眼珠子給挖了！」

雲牡丹氣呼呼的臉，粉粉嫩嫩，像是一朵剛冒出花苞的小花兒。鬆軟的語調讓水無月失了神、閃了魂……

水無月又看著藺子狐摟著雲牡丹，在雲牡丹耳邊不知道說了些什麼，只見雲牡丹嬌笑著。那個笑容是那麼樣的……令人驚豔啊！

水無月都看癡了……

而藺子狐發現水無月正盯著雲牡丹出神，心裡不由得不舒爽起來，不自覺地瞪了他一眼。

水無月看見藺子狐眼神中那抹銳利的不友善，收了收神，轉身離開了。

水無月來到大樹前，抬頭望著賀芙蓉，正想著該怎樣將賀芙蓉從樹上鬆綁下來，可賀芙蓉卻不領情的叫罵著——

「水無月，你這個孬種！你膽敢碰我你試試看！你這個沒用的小癟三，給你臉你這麼不要臉！」

「賀家二小姐，請自重！」

「重個屁啊！你以為我不知道你只是不想入贅到賀家，用不著如此假惺惺，我得不到了，別人也休想，就算是賀茯苓也一樣，她都是一隻死病貓了！你放著我不要，那你也別想帶走賀茯苓！」

賀芙蓉像是瘋狂了似地謾罵著。

細數這四年來放在水無月身上的心思，得不到同等的回應，更甚，自己還不如家中病弱終日臥在床榻上的姊姊？

賀芙蓉不服氣！

更不能接受水無月讓她在那名俊美男子的面前沒面子……

水無月說的話，那個男子應該都聽進去了吧！

想來那個男子身邊只有個發育不良的小女孩，那麼自己是有希望的吧！

事到如今，就算沒有水無月也要想辦法把那個美男子拐進賀家。

賀芙蓉的打算，誰也無法理解。

但嬌縱任性習慣的賀芙蓉，哪還需要別人理解，她就是仗勢著自己有個聞名都城的爹爹，整個中壘國，誰敢不賣她爹爹幾分顏面？

這水無月算老幾？就當自己以前眼睛瞎了才會覺得他好，可現在眼前有個極品，錯過可惜，放掉是對不起自己。

「裡面的人聽著！不管你對我做了什麼我都會原諒你的！我是賀家二小姐芙蓉，我要娶你……不！我要嫁給你，但是你必須入贅賀家，我包你一生衣食無缺，而且我給的聘禮，不對！我給的嫁妝沒有一百六十八抬也不少於六十四抬！我會用八人大花轎……呃，八匹駿馬讓你風光入贅到賀家！」

賀芙蓉扯開嗓子喊著。

這一喊，整座山都靜下來了。

連樹上打瞌睡的鳥兒，地上正在蠕動的蟲子，遠方原本在嗥叫的狼……都靜下來了。躲在草叢裡的兔子、山鼠、山羌、山貓、山豬也都探出頭來。

是誰這麼厚顏無恥？

膽敢跟狐仙大人如此叫囂？

「賀芙蓉，本座當妳年幼無知，剛剛的話就煙消雲散，可妳若癡心妄想，那本座就算把妳變得癡傻也算手下留情了。」

藺子狐摟著雲牡丹，幾句話說得不鹹不淡。

可賀芙蓉是何許人也，她若真聽得下去幾句威脅那怎會是賀芙蓉呢？她只當男人說不要就是要，說考慮就是沒問題……

「條件是可以再談的，只要你肯……入贅到賀家，一切包在我身上。」

雲牡丹吐了吐舌頭，往藺子狐懷裡鑽過去。

她這個師傅的脾氣她又怎會不瞭解？

原本她師傅或許是抱著看好戲的心態，可這個賀芙蓉狗嘴吐不出象牙來，還妄想要師傅嫁進賀家，不對！是入贅到賀家。

這怎麼可能，她師傅可是修行千年的狐仙啊，看來這個賀芙蓉有苦頭喫嘍！就算她師傅沒動手，她也會找機會修理這個賀芙蓉，膽敢如此囂張地意淫她師傅！太……太……太可惡了！

生性單純的雲牡丹，生氣能想到的負面辭彙是少得可憐……

「我看光是送陳老爺兩個清倌還是不夠的，牡丹妳說是不是？既然有人飢不擇食又口不擇言，我們就得好心的幫幫她。」

「師傅說得是！」

「那我就做點好心，讓她跟陳老爺做對恩愛夫妻。牡丹，妳說好不好？」

「師傅說什麼都是好！」

「牡丹還真是乖巧，女孩子就是要像牡丹這樣才會得人疼。」

「師傅謬讚了，牡丹是師傅心頭寶，天大地大師傅最大。」

「好一個師傅最大！難怪我會這麼寶貝妳，還收妳為徒留在身邊。」

水無月還搞不清楚這師徒一搭一唱是演哪齣戲？

只見藺子狐從袖口射出幾丈白綾，掛在樹頭上的賀芙蓉四肢被固定，喀喀兩聲，四肢皆被斷骨摔落在地……

「師傅，要我去通知陳老爺嗎？」

「不用，為師動手哪還需要辛苦妳這個心肝小寶貝。」

藺子狐哼哼兩聲，走了進去，山林間又恢復了平日的靜謐。

水無月愣了好一會兒才想到趕緊探望賀芙蓉。

只見賀芙蓉奄奄一息的，連口氣都喘不太上來。

這下也安靜了，省得這位賀家二小姐又會說出什麼驚天動地的話。

就算水無月再怎麼不喜歡賀芙蓉，可也不能見死不救。

水無月和雲牡丹打了聲招呼，借了一台拖板車，獨自吃力的將賀芙蓉送下山去。路上還得好好想想怎樣給賀家老爺一個說詞……禍從口出就是這麼一回事兒，但要是跟賀家老爺說賀芙蓉得罪世外高人，這個理由賀家老爺會接受嗎？

水無月帶走賀芙蓉之後，雲牡丹又賴在藺子狐大腿上撒嬌……

「師傅，不要生氣了嘛！」

「為師沒有生氣。」

「可師傅板著臉！」

「為師沒有生氣，為師只是不悅而已……」

「那師傅不要不悅了嘛！我們一早就要去春滿樓，您還得敷個臉洗個花露澡不是嗎？」

「也是。」

「那牡丹陪師傅洗澡，順便幫師傅按摩好不好？」

「這還差不多一點！」

藺子狐看著眼前這個亟欲討他開心的徒兒就氣不起來。

牡丹就是長得漂亮，心性也已被自己調教得當，哪個男人有幸娶到牡丹，那可是得燒好幾輩子好香才可能有機會的事情……但是當今世上，又有誰配得起他心肝寶貝徒兒呢？又或者應該說心裡更想讓牡丹待在自己身邊就好了吧？

原本還指望著水無月能讓自己的徒兒開點竅，但就現在看來，人類實在是太複雜、太寡情，這可會污染了他寶貝徒兒。

他的寶貝徒兒心性如此單純，樂天進取又懂得孝敬師傅……

這可不成，看來要讓自己心肝寶貝的徒兒適應人類社會的情感，可能還得多觀望一些時日才是。反正也沒人規定狐仙得怎樣修行，不是嗎？

只是一想到，以後心肝寶貝徒兒可能會嫁人，自己心裡卻莫名十分不樂意。

誰懂得他徒弟的好，又不會像人一樣勾心鬥角、爭風喫醋、愛慕虛榮、貪戀富貴……他的寶貝徒兒無欲無求、隨遇而安，受委屈了怎麼辦？她連拳腳功夫都沒學好，吃虧了又該怎麼辦？

這可不行！藺子狐想想還是讓雲牡丹待在自己身邊比較安心。

「所以師傅啊，你真要讓陳家老爺這麼便宜就得到兩個清倌外加賀家二小姐啊？」

「那當然，總要有人幫襯幫襯，小翠才能順利離開陳家嘛！」

「師傅啊，您為什麼要這麼幫小翠呢？」

「這前世今生，多說無益，我這樣安排是為她好，期待她來世能真正從良……」

「師傅，您好偉大啊！」

「好說好說。她前兩輩子都是妓女，我還不是狐仙的時候也喫了不少她供的香火，喫人嘴軟嘛！做人要知恩圖報，做了仙也是要感念凡人的香火。」

藺子狐溫柔的幫雲牡丹攏了攏頭髮，纖長手指穿過髮絲，思緒飄到三百年前，他因修道應劫之時……

第二章　無良師傅無恥徒

話說百年前的藺子狐還是隻無名無姓的九尾狐妖而已，距離晉升為九尾狐妖幻化成人形，應天劫登仙位還有些時日。

由於狐狸是屬妖獸，需要找一名已經得道的上仙從旁指導，而藺子狐機緣巧妙遇上了一名遊歷三界的散仙——藺若蘭。

藺若蘭當散仙當習慣了，雖然一身邋遢又無視三界規範，但也不免要收個徒弟，代替自己執行一下「公務」，方便偷懶。

那時藺若蘭遇見還是九尾狐妖的藺子狐，心血來潮打破慣例，硬是要屬於妖獸的九尾狐妖當他的徒弟，還用仙術控制強迫九尾狐妖磕頭拜師，磕完頭藺若蘭就給九尾狐妖起了個名字——「藺子狐」。

收了徒弟之後，藺若蘭開心地逃之夭夭遊歷三界去，把執行公務的責任交給藺子狐。

而藺若蘭跑去哪兒了？藺子狐不知道，只知道他師傅出現準沒好事兒就是了。

有怎樣的師傅就有怎樣的徒弟，按理來說，藺子狐是要找靈狐一族中已得道成仙的狐仙拜師才對，如今莫名其妙地拜了一個散仙為師，遂也成為狐族內的異類，可修行之路坎坷，藺子狐的師傅又時常不知所蹤，靈狐一族的狐仙們看不下去，只好派遣藺子狐到中曇國郊區的狐仙廟實習，學習如何傾聽百姓的心聲。

善男信女喜歡到月老廟求姻緣，而會來拜狐仙廟的，不外乎是妓女、老鴇以及大戶人家的小妾。

藺子狐在狐仙廟實習期間，見著了「小翠」。

修仙之路千百條，就算是洞悉三界、看破輪迴也未必能抵擋千變萬化的命運。

小翠本是天庭裡一名游手好閒的散仙，卻因不滿天庭裡管理階層的指示，而落得三世妓女的天罰，貶下凡間投胎……

第一世的小翠是一個農戶女孩兒，喜歡隔壁鄰居的李添福，兩個人情投意合，自然也抓緊時間進行肢體運動，只可惜門不當戶不對，李添福後來娶了地主的女兒，小翠黯然銷魂之外，還被李添福的老婆設計賣到妓院當妓女去。

那時候的小翠不知道什麼是恨，每次到狐仙廟燒完香，拜拜完還會主動清潔狐仙廟，對於自己的遭遇，小翠只感嘆自己沒有當李添福老婆的命，祈求狐仙保佑她能早日存夠錢還清地主，以免李添福受到老婆刁難。

小翠的沒心眼，在藺子狐眼裡是愚蠢，可藺子狐仍去妓院化身為紅牌姑娘，為的就是要提攜小翠一把。

小翠在二十五歲那一年，被一個熱愛窒息式性愛的客人給弄死了，於是乎藺子狐又回到狐仙廟繼續實習當差。

說沒遺憾都是騙人的，藺子狐也有檢討過為何自己幫不上小翠，但只當小翠福緣淺薄，早死早超生，沒想太多就遺忘了這件事情。

而藺子狐第二次遇到小翠，恰巧適逢應天雷劫之時，天雷無情的劈進狐仙廟，而小翠當時是一個坐在花轎裡正要出嫁的新嫁娘。

藺子狐正被天雷劈到頭昏眼花現出原形之際，小翠從花轎走出來拿下自己的紅蓋頭蓋在藺子狐的頭上，小翠義無反顧地用自身的紅嫁衣替藺子狐擋下天雷，緊緊抱著藺子狐，天雷轟隆隆的劈了又劈，不過天雷劈不到人，小翠提心弔膽嘴裡念著阿彌陀佛，雖然不知道發生了什麼事情，但也不忍心見著奄奄一息的九尾狐狸無端端的命喪在自己面前。而天雷也因為被新嫁衣上的喜氣所抵銷，讓藺子狐度過了這次的天雷劫。

藺子狐一眼就看出這新嫁娘是小翠，更預見了她嫁過去夫家不會有好日子可以過。

小翠的丈夫是一個好賭無賴之徒，敗光家產之後，就把小翠賣到妓院去繼續狂賭，小翠沒有怨懟，心底還叨唸著自己出嫁那一日的奇遇。在一次打胎藥喝下去之後，小翠流產失血過多身亡。

藺子狐有點惱火，雖然小翠幫了他安然度過天雷劫，可自己對於命運這一回事兒，也是無能為力的多。沒能來得及幫小翠化解她將遇到的災厄，是因為應完天雷劫之後藺子狐就算是完成實習，從狐妖晉升成狐仙，得上天庭去報到，辦理登記成小狐仙的手續，這一來一返的時間，竟是一百年。

百年的時間過去，藺子狐雖成了狐仙，卻也只能等著天庭分發，只是左等右等等不到天庭的通知，等到藺子狐心灰意冷，還想著跟自己師傅一樣當個遊歷三界的散仙也好過在天庭苦等發落。

於是，藺子狐決定從天庭返回人間，當一個遊歷三界的狐仙。

至於藺子狐那個無良的師傅藺若蘭，最近一次出現則是為了雲朝古國的遺族——雲牡丹。藺子狐如期來到雲朝古國的大殿遺跡上赴約，卻見不著師傅，最後竟順手帶回了一個雲牡丹。

這時間又過了十多年，然後小翠又出現了。

小翠這一世是變成陳老爺的小妾，但飢渴難耐慾求不滿，藺子狐想到要如何幫小翠順利度過三世妓女的天罰，自然是讓她當上紅牌安養晚年。既然有此打算，早些時候藺子狐差遣雲牡丹四處蒐羅閨房之事的圖畫，正好也可以用來當「教材」。這春宮圖用途多廣，一來可以送給靈狐一族的後輩學習狐媚之術，再者也能拿這春宮圖到春滿樓當講解閨房情趣的教具。

沒人知道怎樣當神仙，藺子狐這個狐仙當得也很隨心愜意，而他寶貝的徒兒又如此乖巧，藺子狐還曾自滿地想著，自己可比他那個無良的師傅藺若蘭，稱職多了。

而純真無邪單純到蠢的雲牡丹，環抱著藺子狐靠在他的懷裡，用著閃亮亮的眼神崇拜著自己師傅，雲牡丹喜歡蹭在師傅懷裡，因為在師傅懷裡總是讓她感到莫名的安心與幸福感。

「師傅，那水無月和賀家的事情該怎麼辦？」

「讓為師好好的想一想……水無月這個人呢，沒什麼不好，可也沒什麼好，為人是三分溫吞、四分熱度、五分寡情，挑不出大毛病可也沒優點。」

「真慘！」

「是啊，他跟賀家二小姐應該還有好一番功夫得折騰，咱們就看好戲就好。」

「師傅，您的意思是？」

「用點腦子想一想嘛，整個賀家的人都知道賀芙蓉對水無月用了『須彌合歡散』，現在賀芙蓉是躺著回賀家，妳覺得賀家老爺不會乘機以虛坐實嗎？」

「師傅，您說的話都好玄妙喔！什麼是以虛坐實？」

「說簡單一點，就是弄假成真，懂嗎？不然栽贓嫁禍也可以。」

「師傅您愈說愈玄了，徒兒對您的景仰，有如長江翻騰、黃河滔滔……」

「雖然妳這麼崇拜師傅，也不要直接說出口，女孩子要婉轉一點、低調一點、含蓄一點，太直接，師傅我是會害羞的。」

「那師傅啊，到底什麼是以虛坐實？又怎樣弄假成真？栽贓嫁禍又要怎麼栽贓？」

「看在妳平日乖巧，為師就偷偷跟妳說……」

站在屋外的蘭若蘭翻了翻白眼，想說很久沒有來探望他唯一的徒兒還有徒孫，所以來瞧一瞧，沒想到竟看見這一幕，他們這對師徒的情感也太微妙了，徒弟居然大方地坐在師父大腿上，還摟摟抱抱的，這太……噁心了些吧！

藺若蘭想著，到底該不該這時候進去殺風景的攪亂藺子狐和雲牡丹？

但又覺得好像有什麼好玩的事情要發生，還是靜觀其變看好戲好了……

自己徒弟居然想把人送入那煙花之地，那他就想辦法來反制一下，看看是師傅高明，還是徒弟厲害。

就如同藺子狐預言的那樣，水無月送賀芙蓉回到賀家之後非但不被感謝，還被賀家老爺關到柴房去，幾名家僕有人說要報官，有人煽動著說乾脆擇期不如撞日即刻辦理婚宴……

賀家老爺打著什麼算盤也沒人摸得清，只是大家更是訝異水無月怎能在中了「須彌合歡散」之後還能「完好如初」呢？

賀家老爺惱火自家閨女如此大膽，想要一個男人想到動用春藥，可更疑惑「須彌合歡散」對水無月怎沒有產生作用？

怎麼想都不對勁，怎麼想都生氣。

「賀老爺，今天要不要去春滿樓走一趟？」

「家裡出了這麼大的事兒？哪有心情去春滿樓促進新陳代謝！」

「賀老爺，您今天就算不去春滿樓消消火，去看場好戲也不錯啊！」

「看什麼好戲！芙蓉身受重傷躺在床榻，我哪有心情……」

「賀老爺，聽說今天春滿樓的嬤嬤，一大早就風風火火的帶人殺到陳老爺家中要人了呢！」

「陳老爺？」

「是啊！後續情況還得上春滿樓打探才知道。賀老爺啊，您就順便帶上『須彌合歡散』去公關應酬一下，測試藥性，順便……看看春滿樓的嬤嬤到底搞了什麼貨色，一舉兩得嘛！二小姐現在有大夫關照著，咱們去去就回也用不著幾個時辰。」

「嗯，這倒是一個可行的辦法……來人！備轎！」

賀家老爺被家中的師爺說服，帶上自家生產的「須彌合歡散」往春滿樓走一遭……

一路上都能聽見春滿樓的嬤嬤今天一大清早的「壯舉」——

說什麼仙人托夢指示，春滿樓的嬤嬤必須帶著兩名清倌去陳老爺家中把陳老爺最寵愛的小妾——小翠給帶回春滿樓。

陳老爺看上了春滿樓的嬤嬤帶來的兩名清倌，以及豐盛的賠償禮「春滿樓至尊貴賓禮券」，就讓春滿樓的嬤嬤把小翠給接走了。

而小翠這廂也沒哭哭啼啼，反倒是一臉乾脆，連行囊包袱都沒有，雙手空空的坐上春滿樓嬤嬤準備的轎子離開了陳府。

外人怎麼想也想不通。

春滿樓的嬤嬤是出了名的會算計，怎會做出如此蝕本的買賣呢？

難道真的是仙人托夢指示？

小翠雖然嫁給陳老爺當小妾，但年紀也一十有七了，又不是清倌，這春滿樓要人家府上的一個妾，到底是有什麼玄虛？

還是這個小翠有什麼底細是大家不知道的呢？

更別說春滿樓的嬤嬤一回到春滿樓，就命人備上香案、燭火和酒水，正式收小翠為義女。

訊息從四面八方不斷傳到賀家老爺耳中，原本對這檔事不怎麼上心的賀老爺，現在也對小翠這號人物感到好奇無比，琢磨著晚點要去春滿樓一探究竟。

可更神奇的事情接著發生，春滿樓的大門杵著數十名大漢，說春滿樓暫時不對外營業，因為春滿樓傳說的紅牌豔姬回到春滿樓，要進行如何成為一名好妓女的教育訓練。

這春滿樓門口人山人海，大家都想湊上這一回熱鬧。

賀家老爺眼看著轎子過不去，吩咐師爺先去陳老爺家轉上一圈。

陳老爺平白無故得到兩個清倌當妾，賀黃耆知道陳老爺可不是什麼喫素的良民百姓，送上一瓶「須彌合歡散」做點公關，順便探探陳老爺的口風。

這春滿樓的嬤嬤是出了名的精明，到底這個小翠有何能耐？能讓春滿樓的嬤嬤親自上門要人，還送上兩名清倌賠償陳老爺的精神損失……

這怎麼算都不合算啊！

而春滿樓這兒，傳聞中的紅牌豔姬——胡姬，遊歷在外回到中曇國都城。

時間點就這麼恰好，春滿樓嬤嬤開心到暈了三回過去。

這胡姬才藝出眾、聲音鬆軟、姿態萬千，該凸的凸，該翹的翹，正面看上去是傾國傾城，側面看上去是懸崖峭壁，連一個眼神都是勾魂攝魄的迷人，可胡姬是自由身，春滿樓的嬤嬤能有胡姬三不五時回到春滿樓指點一二，也不敢多做奢求。

「胡姬啊！妳說玄不玄啊！這小翠，可真是神仙托夢要我去贖回來春滿樓當鎮樓之寶。」

「嬤嬤，一定是您的誠心感動上蒼，所以連老天都這麼幫襯您。」

「唉唷！我的小心肝胡姬啊，妳可別喫醋啊！妳要什麼嬤嬤都給妳……」

「嬤嬤，胡姬怎會喫醋呢！胡姬真心的替嬤嬤高興。時候不早了，嬤嬤趕緊讓妹妹們都過來上課吧！不然晚一分鐘開店營業，可不是一分五毛的事情，這是商譽的問題呢！」

「我的好胡姬就是這麼貼心！來人啊，還不趕緊把人都給我叫過來上課！」

「嬤嬤，您可別忘記叫上小翠，該學的，她還是得學，您可別太寵她唷，不然其他妹妹不開心，嬤嬤您也傷腦筋啊！」

「胡姬怎麼說都對，如果我這兒每個姑娘都像胡姬這麼貼心，嬤嬤我，早就可以退休享清福了。」

「嬤嬤，說退休還太早，這春滿樓上上下下幾百個姑娘，每個人家中少說四、五張嘴兒盼著您喫飯呢！」

「瞧！我都老糊塗了，今天太高興了。胡姬啊，上完課先別急著走，讓嬤嬤親自下廚給妳煮點補品喫喫。」

春滿樓的嬤嬤，開心到連路都走不穩，留下一屋子的姑娘等著胡姬上課，自個兒還真的跑去廚房張羅膳食。

春滿樓的姑娘或多或少都見過胡姬，對於竟有人可魅到骨子裡去深感佩服。

胡姬也不是一個只會發嗲的蠢女人，從琴棋書畫到化妝打扮，甚至是連繡品的樣式都能指點上一、二，更重要的是，胡姬對於該如何對待上門尋歡的客人，更有另一番獨特的見解……

「這男人呢！就是喜歡嘗鮮，咱們要做的，就是保持新鮮感。這年頭，光嘴巴會說話是不夠的，男人喜歡曖昧的感覺，我們提供的服務，就是讓上門尋歡的客人，有談戀愛的感覺。妳們可知道最高招的是什麼嗎？就是男人除了乖乖上繳銀兩之外，還要讓他覺得對我們而言，他是獨一無二最特別的。」

胡姬拿出道具示範著傳聞中的「手技」、「口技」，除此之外還打開春宮圖，指點各種尋歡的姿勢……

「既然咱們都收錢辦事了，沒道理只有男人爽而女人不舒坦！妹妹們，好好參詳一下……」

胡姬這堂課上下來，又有多少人能從中受惠呢？

這個胡姬正是藺子狐，原本應該還有雲牡丹跟在身邊「教學觀摩」才是，可又惦記著不能遺漏了看水無月的好戲，於是藺子狐只好讓雲牡丹先去賀府探探路。

身為一個狐仙，藺子狐因為有個散仙師傅，所以對於修行既沒有野心也不受約束，更對部分狐狸吸取凡人男女精氣一事非常不以為然……

就藺子狐的觀點而言，行魚水之歡應該是單純享受歡愉，而非有其他目的。

凡事皆是如此，過與不及，遺忘了初衷就什麼也不是了。

而潛入賀府的雲牡丹，熟門熟路的探了幾間廂房，也看見纏著滿身藥布躺在床榻上大呼小叫的賀芙蓉，用手摀著嘴忍著不笑出聲音來，慢慢摸到柴房外。

柴房裡頭也很熱鬧，水無月衣衫不整全身發熱癱軟，任由傳聞中經年累月躺在病榻上的賀茯苓對他上下其手……

「賀家大小姐，妳這又是何苦？」

「水無月，原本我以為你喜歡小家碧玉，但看來你還是喜歡熱情主動嘛！」

「賀家大小姐，妳別這樣……」

「別怎樣？是別停下手是吧！」

雲牡丹瞪大眼睛的偷窺著。

這個賀家大小姐此時正手口並用的強行襲擊水無月的兩胯之間。

水無月又再一次的中了「須彌合歡散」的春藥，只是這一次，下手的人從賀芙蓉變成賀茯苓而已。

水無月從勸阻到呻吟也不過是幾分鐘的事情，雲牡丹看著賀茯苓埋頭苦幹，卻也不知道是什麼名堂，想湊近一點看，又怕驚擾到裡頭的春色無邊。

「賀家大小姐，妳別這樣糟蹋自己。」

「糟蹋？我看你舒服得緊又怎能說是糟蹋呢！」

「誰無過去？我說我會娶妳帶妳走，說到做到！妳不用這樣……真的！」

「水無月，你當真以為我欣賞你這個坐懷不亂假清高的姿態嗎？」

「我沒有假清高，眼下這種情況更不可能坐懷不亂，我是怕妳後悔……妳要等的人不是還在北霧國嗎？為了他，妳應當珍重妳自己。」

「你少跟我說教！」

賀茯苓停下原本的動作，臉上透露出複雜的神色。

是的！她在等一個人。

那個人在北霧國。

那個人說好了要娶她為妻。

可是時間已經過了幾年，她也裝病裝了幾年，那個人卻再也沒出現過。

曾經厚顏拜託水無月帶她走，可是現在又怕去了一趟北霧國美夢成空……感情這種東西未必能夠禁得起時間的考驗。

這年頭，男人有個三妻四妾，女人有個三夫四侍，論真心誠意，那不過是兒提時期的幻想，長大成人之後總是要接受想像幻滅，然後成長，又或者是說跟現實妥協。

賀茯苓知道自己在做什麼。

凡事總得替自己留點退路。

先和水無月生米煮成熟飯，再不，煮成稀飯也可以，去到北霧國若見不著那個人也能順理成章地嫁入水無家當主母。

病貓子演久了，這時也入木三分的入戲了。

水無家雖然已經沒落了，但好歹也是雲朝古姓貴族之一，嫁過去，不管是有名無實也好，又或者有實無權也罷，自己多想一點總是好。

人不為己，天誅地滅。

事不由己，自認倒楣。

早些年賀家老爺賀黃耆因為經商往返中曇國和北霧國兩國，因緣際會之下結識了水無家，也因為「須彌合歡散」奏效的關係，締造無限的商機，因此水無月和賀茯苓的娃娃親就在兩家拓展合作事業的默契下，這麼訂下了婚約。

這原本應該是樁美事，水無家也每年讓水無月來中曇國的賀家做客一個月好讓水無月和賀茯苓培養感情。

可事情就發生在幾年前。

那一年水無月獨自從北霧國來到中曇國。

而那一年，賀茯苓遇上了讓她難以忘懷的情人。

賀茯苓沒有對水無月隱瞞，也許是雙方長輩都太過於放心的緣故，反讓水無月和賀茯苓培養出兄妹的情感而非情人的愛戀。

水無月沒有預想中的反應，反倒是鼓勵賀茯苓勇敢去追求自己的愛戀。

賀茯苓還為此相當感激水無月。

可是，當賀茯苓知道賀芙蓉對水無月有意思，心底就像是有隻蟲子爬過，癢癢的、不舒爽的……那種像是自己的東西被搶一樣的情緒，開始發酵。

昨日得知賀芙蓉竟然對水無月用了「須彌合歡散」，賀茯苓腦子裡理智的那根線，斷裂了。

這已經無關乎愛不愛這件事情，而是難以忍受賀芙蓉三番兩次挑戰自己的底線。

賀茯苓不想水無月變成賀芙蓉的夫婿。

這種心情難以解釋，幾番矛盾之後，賀茯苓乾脆也拿「須彌合歡散」對水無月下手。

前不著村後不著店的心情實在太過於忐忑，再加上水無月知道太多賀茯苓心底頭的秘密，導致她六神無主失了魂之後，決定要先下手為強。

倘若真讓賀芙蓉得逞，那她的退路不就沒了？

只要跟水無月發生了關係，就算日後到了北霧國見不著那個人，水無月也絕對不會撒手不管。

女人這種生物，是很難用邏輯跟常理去做判斷的。

就算時常失控，多數男人也會包容甚至覺得女人很可愛……可眼前這個情況，雲牡丹不知道自己該不該幫水無月，又或者看著水無月淪陷？

原本站在窗櫺外，正準備伺機救出水無月的雲牡丹，對於賀茯苓內心太複雜的思考完全感受不了，只是感覺有好戲可以觀看，於是乎雲牡丹決定不插手，只是悄聲進入柴房，蹲在賀茯苓身邊，近身觀摩……準備用肉眼牢記對方的英姿煥發，回頭再作畫。

「妳是誰？妳想做什麼？」賀茯苓一臉錯愕的看著突然出現的女娃兒。

「傳聞賀家大小姐是個病西施，看來傳聞果然只是傳聞，我見賀家大小姐身手不凡，手技和口技過人，又見水無月欲仙欲死又好像生不如死，基於我雲牡丹，身為師傅的好徒弟，決定把今日所見畫成一幅畫送給我師傅，賀家大小姐別猶豫了，快上！趁著妳現在這股氣勢，英姿煥發、來勢洶洶，百年難得一見！唷～～水無月，一會兒不見，你還是一樣豔福不淺啊！」

「妳……」賀茯苓對於眼前這一位自稱雲牡丹的女娃兒滿口渾話十分氣惱，但又不知如何反駁，蹙著眉、抿著嘴，思量著該如何打發對方……否則錯過這一次機會，根本就沒有勇氣再來一次。

「不用妳啊、我啊，我跟妳說，賀家二小姐的氣魄就沒妳這麼好，快上吧！我師傅說過，春宵一刻值千金，現在掐指隨便算都是幾十萬兩上下，要把握良機啊！」

「妳究竟是何人？」賀茯苓看著一旁水無月那滿臉求助的神情，當下無法確定水無月和雲牡丹究竟是什麼關係，只是這女娃兒滿嘴師傅長、師傅短……她師傅又是誰？怎麼教出壞人好事的徒弟？

「我是我師父心肝寶貝的唯一徒弟，如果真要說我是誰，妳就當我是路過打醬油的就好。別猶豫，快上！不要像賀家二小姐一樣，前戲拖太久，飯菜都涼了。人是鐵，飯是鋼，打鐵要趁熱，男色當前，春宵莫虛度，上吧！」

賀茯苓慌亂的把手從水無月的兩胯之間給抽回來，跌坐在一旁，六神無主慌亂得不知該如何是好？這到底是怎麼回事啊？難得逮到機會，卻被一個半路不知從哪兒殺出的女娃兒攪亂思緒……

賀茯苓的慌亂很快就平復下來，仔細看著眼前這一個女孩兒，粉雕玉琢，身上的衣物也是繡功絕品，一看就知道是千金大小姐，只是這是哪一戶人家的姑娘？竟敢跑進賀府壞她好事兒呢？

「姑娘嘴巴說師傅徒弟，就不知道姑娘到底該怎麼稱呼？」斂了斂神色，賀茯苓故意地問著。

「我是誰很重要嗎？剛剛不是說了嗎？我雲牡丹是我師傅的好徒弟！」

「妳是誰並不重要，妳是誰的好徒弟也不關我的事，但是，壞我好事兒卻是該死！讓妳報上名來，是好讓我留一個全屍送妳回家去。」

「欸？妳打不過我也殺不了我的……妳不如留著氣力趕緊把水無月給喫了吧！」

雲牡丹一臉氣定神閒，完全不把賀茯苓的要脅當一回事兒，那一臉無所謂看在賀茯苓眼裡，無疑的是在火上添油。

賀茯苓自恃在家中撒野也無人膽管，隨手抄起一把砍柴刀往那個女孩兒身上劈了過去。只見那個女孩兒身影幽晃，晃出許多身影，嚇得賀茯苓以為自己見鬼了扔下砍柴刀飛奔出去。

「牡丹，謝謝妳！」水無月虛弱的出聲道謝。這賀茯苓的舉動，著實是讓水無月感到此地不宜久留……再留下去只怕夜長夢多，又生事端。

「幹麼謝我！」

「妳又救了我一次……」

「我可沒打算救你。怎麼賀家的小姐都這樣，還以為賀家大小姐會厲害一點把你給喫了，真可惜。」

雲牡丹後來又說了什麼水無月已經聽不清了，「須彌合歡散」的藥性發作，水無月暈了過去。

在春色無邊的夢境裡，水無月夢見自己和雲牡丹的師傅在山野林間歡愛……

然而就在水無月昏迷過去的同時，老早就尾隨著雲牡丹，一路來到賀家柴房的藺若藺見賀茯苓一去不回，安心地現身在雲牡丹面前。

「雲丫頭，這做事不能只做一半，送佛要送上西。」

「你怎麼知道我姓雲？」

「我還知道妳師傅叫藺子狐，是一個狐仙。」

「哇！你也是修行中的狐妖嗎？」

「傻丫頭，我看起來像狐妖嗎？」

「是不太像，你長得也不魅……」

「我藺若藺可是妳師傅的師傅，論輩分妳得叫我一聲師祖。」

「喔！師祖爺爺，今天天氣真好，這麼巧，在這個賀家柴房遇見您。」

「這種油腔滑調的場面話就少說了吧！妳還不趕緊把水無月給送去春滿樓，再晚一點，這個男子就算是廢了。」

「可我搬不動啊！師祖爺爺，既然您都現身開了金口，那您就行行好吧！不然少了水無月，這場好戲就看不到後續了。」

「妳唷，都被妳師傅教壞了！走吧，妳去見妳師傅，妳人一到春滿樓，我隨後就把水無月送到。」

「十二萬分感謝師祖爺爺……」

雲牡丹露出雙頰的小酒窩，對著藺若蘭笑得甜甜的，雙腳一踏，踩著凌波微步不消半刻就趕到春滿樓。

雲牡丹前腳才剛衝到藺子狐，不對，現在應該稱呼為胡姬的面前，後腳水無月裸露著身軀也憑空出現在廂房內。

「這是怎麼一回事兒？」

「師傅，人家遇見師祖爺爺了。」

「欸？師祖爺爺？」藺子狐抬高了眉，瞪大了眼，用手挖著耳朵，想確認自己沒有聽錯。

「他說他叫藺若蘭，是我師傅的師傅，論輩分我還得叫他一聲師祖，還有水無月又中了『須彌合歡散』了，這兒也沒有臭臭草，所以他鐵定是得找個姑娘交歡……」

「那他有沒有對妳不規矩？」藺子狐心底咒罵了無數次他那個無良師傅。咒罵歸咒罵，但藺子狐更好奇他那個無良師傅為何挑此時出現？還在他心肝寶貝徒弟面前不要臉的自稱自己是師祖爺爺……

「他沒有！不過賀家大小姐拿砍柴刀要劈我。」

胡姬邪魅的眼神一掃過去，幾個春滿樓的姑娘就自動自發的把水無月給扛走，扛去辦事情……解決了水無月，胡姬又詢問起雲牡丹見到藺若蘭的狀況。

正所謂上有政策下有對策，這個藺若蘭搞失蹤這麼久，今天怎麼會這麼恰巧的出現在賀家柴房？

絕對是別有居心！

不對！

還是心肝寶貝小徒弟招惹到了什麼嗎？

雲牡丹看著自己美豔的師傅，蹭在師傅懷裡撒嬌。

不知情的人還以為雲牡丹是胡姬的私生女，還打趣地說倘若雲牡丹他日長大成人，一定會是豔冠五國的紅牌……

而春滿樓的嬤嬤端著膳食，隔著窗戶看著雲牡丹，可是愈看愈滿意，若胡姬開口，不要說一家春滿樓，要蓋個連鎖店嬤嬤也有本事找錢開給胡姬打理。

「我說胡姬啊，妳就沒打算安定下來嗎？這丫頭也長大了吧，出落水靈，長得可真標緻。」

「嬤嬤，您這是在說什麼？牡丹是我心底的一塊肉。」

「嬤嬤知道！妳們都是嬤嬤心底的一塊肉。只是女孩兒長大總是要嫁人的，若沒有些家底，甭指望夫家會善待，嬤嬤是要告訴妳，有困難一定要說，一個婦道人家帶著一個女兒生活，總是辛苦。」

「胡姬知道嬤嬤關心，可胡姬現在過得很好，牡丹雖然一十有七，但在胡姬眼底孩子終究還是孩子。婚嫁這種事情，生命自己會找到他的出口，說擔心也只能放在心上，不是嗎？」

「妳能想這麼開，嬤嬤就放心了。喫飯吧！牡丹，來！來讓嬤嬤看一看……」

雲牡丹哪還需要師傅指示，整個人像隻小哈巴狗似蹭在春滿樓嬤嬤身上，嬤嬤長嬤嬤短。

只是這一幕溫馨的畫面，等到胡姬踏出春滿樓，他們又會忘記。

他們只會記得胡姬，而忘記牡丹。

這些年來，藺子狐用著這個方式保護雲牡丹的周全，不被人們發現。今天，當然也不會例外。若讓人知道雲牡丹的存在，那麼現今掌管五國民間信仰的護國聖女，早晚會找上門來討著要人。護國聖女的眼線眾多，不多提防一點是不行的。藺子狐堅信只要有他在，那關於雲朝古國的傳說只會是歷史，雲牡丹絕對不會走上禍國殃民的路途。

而另一頭的廂房，春色無邊……

水無月還沈浸在自己的夢境裡頭不可自拔，三個姑娘輪番上陣只見金槍不倒就是不倒，這可樂壞了平日總是應付客人的姑娘，她們的生理和心理很難得到滿足，眼前這個斯文俊俏的小哥，雖然昏迷不醒，但是堅挺依舊，三個姑娘搞到自己都累到虛脫還不肯罷休。

水無月呻吟著，任由身體上的刺激翻騰，在一次又一次的交歡過後，「須彌合歡散」的藥性總算是退了……

水無月在一陣痠痛中醒來，身邊躺著三個姑娘，又見自己衣衫不整，還見著雲牡丹拿著畫筆從容的作畫，這不用多想就知道發生了什麼事情。

「我……」

「你剛剛大戰了八回合還金槍不倒，破了春滿樓的紀錄。春滿樓的嬤嬤說，如果你願意留在春滿樓一段時間，她可以幫你打點打點，就算是你跟賀家的婚約，她也有辦法讓你如願解約。順便給你一張春滿樓無敵至尊貴賓卡，往後你在春滿樓都可以喫香喝辣。當然，前提是你得隨時滿足春滿樓裡姑娘的需要……」

「可不可以不要？」

「這麼好康的事情，是男人都會接受啊，你可是破了春滿樓的紀錄呢！」

「妳畫了什麼？」水無月想要說點什麼扯開話題，但話才剛問出口就後悔了。

「自然是你在床上屹立不倒的奮戰英姿啊！」

「那妳畫了哪些？」

「有鑑於你都昏迷不醒，這幾張畫我就留著讓你自己觀賞一下。記得還我喔！看不出來你還頂厲害的嘛！又是觀音坐蓮，又是花下乘涼，還有美女獻花……」

水無月看著桌上的圖紙，回想著自己的夢境，又看看自己身邊躺臥的三名女子，是無言也是無奈。

男人遇見這種事情又該怎麼叫屈自己的清白？

應該要學女子咬手絹落淚？

還是推醒身邊的三位女子要她們負責？

如果當真這麼做，豈不是毀了自己身為男人的自尊？

胡姬打點好春滿樓上上下下，也沒忘記去見見小翠。只見小翠倒臥在床榻上，那瘦弱的身影看似逆來順受。

殊不知，小翠只是正在替自己盤算著，明知道自己偷漢子的事情早晚有一天會東窗事發，可原先她想著，被發現了，大不了被趕出陳府，卻沒想到自己倒是來到春滿樓……

偷漢子跟當妓女，前者人盡可夫，後者或許還能賺點銀子，在春滿樓最起碼自己能替自己作主，在陳府自己不過是個妾，白天要侍候太太，晚上要侍候老爺。

「在想什麼呢？小翠妹妹。」

「誰是妳妹妹，不要亂認親戚好不好！」

「嘴巴上刻薄的女子，是沒人喜歡的。既然來到春滿樓，妳就得忘記自己曾是大戶人家的小妾。」

「不勞妳費心，我很認清事實的！」

「不要以為偷漢子就只是被趕出去而已，通漢子被通報衙門後，是要關進去大牢鞭打，審判後浸豬籠，而且還有可能在浸豬籠之前，先被輪姦過一回。」

「胡姬！妳說這話是什麼意思？」

「沒什麼意思，就字面上的意思。妳到春滿樓就安分點、認命點，對妳是有好無壞。有空也可以去狐仙廟拜一拜，咱們出來討皮肉錢的姑娘，也歸狐仙管。至於豬八戒就不用了，如果妳還想覓得良緣……」

「妳就不怕我搶了妳紅牌的位置？」小翠打量著胡姬，這年頭誰不是替自己多做打算？哪還有心思真心誠意的提點別人？

「我何必做這無謂的擔心？第一，我不是春滿樓的紅牌姑娘，而是指導顧問，三不五時過來指導姑娘如何侍候客人。第二，妳若能當上紅牌也是妳的造化，要好好把握短暫的青春，青春一旦不在，難過的是妳自己而不是別人。」

「妳以為妳這樣耍嘴皮子說幾句，我就會相信妳嗎？」小翠雖然不想承認，但胡姬所言，確實是有幾分道理……怎麼說都是要過日子，在哪兒都得想辦法安身立命，更何況自己現在已經身在春滿樓，想不認命也不行。

「妳不用相信我，但是妳要相信妳自己。當妓女也是一門學問，不是迎客往來兩腿開開就能成氣候。妳要讓每個客人都與妳保持曖昧，不一定要上床也能把妳當心肝寶貝，想得到妳又怕失去妳，買妳鐘點買到傾家蕩產……這才是最上乘的手段。等妳銀子賺夠了，妳想去哪兒就去哪兒，往後還有需要看別人的臉色嗎？」

「我還能去哪兒？春滿樓的嬤嬤不是已經收我當義女，日後我……還能往哪兒去？」

小翠低垂螓首，那狐姬所說的未來，真的是自己能夠獲得的嗎？眼下都被春滿樓的嬤嬤收做義女了，屆時還能脫身嗎？

「春滿樓的嬤嬤義女很多，誰來接管春滿樓都是日後的問題，倘若妳想自立門戶，我想，嬤嬤也不會反對。又或者妳看得夠清、想得夠明，想跟我一樣轉職當顧問，也是可以。」

「妳為什麼要幫我？」小翠看著一派優雅呷著茶的胡姬，說到底心裡還是被胡姬所說的話打動了幾分，但卻又懷疑胡姬另有目的，不得不正色的多問了一句。

「我有說過我要幫妳嗎？小翠妹妹，生存就是要各憑本事，我只是要告訴妳，在春滿樓也不比在江湖上闖蕩輕鬆，每一個客人都不單單只是精蟲上腦的男人，妳要想著這個男人有什麼？能給妳什麼？而妳是什麼身分，妳能給什麼？人脈就是機會，給自己一個機會，不為過，不是嗎？當妓女是一門學問，我說過了。妳把自己看扁了，那妳就只是一個男人洩慾的工具，可妳若把自己看太高，男人又會嫌妳不識好歹……我有說錯嗎？」

「真不愧是指導顧問啊！」眼看胡姬一番言論下來也沒什麼特別的涵義，小翠鬆了口氣，語氣不再尖酸，轉而戲謔。

「好說、好說。妳也不是清倌了，自己有什麼才藝或拿手絕活就先跟嬤嬤提醒一下，論往例，妳得懂得規矩之後才能接客，所以接下來的這段時間裡，妳只能當實習妓女，多看、多問、多學……」

「那我什麼時候會接客？」

「那就得要看妳領悟多少規矩了？時候到了，嬤嬤自然會幫妳安排。」

胡姬把話說完，又呷了一口茶潤潤嗓之後，不說道別就起身離開，留下一臉若有所思的小翠。

又到了春滿樓開門做生意的熱門時段，今日一早又有嬤嬤去陳府要人鬧騰了一場。天色也晚了，趁著人潮還沒湧進，胡姬帶著雲牡丹，提步離開了春滿樓。

「師傅，我們把水無月扔在春滿樓不會有問題吧！」

「怎麼會有問題，那些姑娘捨命救公子，他總是要付出一點代價的嘛！」

「那師祖爺爺該怎麼辦？」

「藺若蘭這個臭散仙，十幾年不出現，一出現準沒好事情。牡丹，下次看見他跑遠一點，免得倒楣！」

「可是他說出現就出現，我哪來得及跑啊！而且他不是師傅您的師傅嗎？為什麼看見他老人家要跑？他是瘟神嗎？還是掃把仙？」

「說得好！對我而言，他既像是瘟神又像是掃把星！要不是他，我現在還需要花這麼多心思張羅小翠的去處嗎？氣死我！」

雲牡丹摟著師傅，師傅是女兒身的時候可真是溫柔又可愛，連生氣的模樣也很迷人，不過男兒身的時候很帥氣就是了，只要待在師傅身邊心裡總是甜甜的，總覺得就算天塌下來也有師傅會保護她。

蘭若蘭看著藺子狐和雲牡丹離去的背影，搖了搖頭，一個彈指，原本人躺在春滿樓的水無月就這麼憑空消失。

蘭若蘭雖然是個散仙，但是對自己收的徒弟仍有些掛心。

藺子狐似乎還沒意識到自己大劫將至，這一次可不是天雷劈一劈而已，動了慾念惹上情劫可是會打回原形，甚至是得重新投胎。

更別說這其中還有些不為人知的暗盤在運作著……

老天爺對於位列仙班的仙人要求更多，成仙之後還得經過千年的修行通過九九八十一難才能成神佛。

而藺子狐現在安於當一個小狐仙，到底是好還是壞？

蘭若蘭看著水無月，這個水無月也是一個麻煩，怎麼他的狐仙徒弟就是如此不開竅？看見麻煩也不閃遠一點！

是說怎麼算也算不過老天爺，蘭若蘭決定先帶著水無月離開避避風頭順便安養身子，省得賀家人又殺出來攪和，之後再來快速培訓水無月跟自己的狐仙徒弟鬥上一鬥，考驗一下藺子狐和雲牡丹他們師徒倆的感情。一想到能捉弄一下藺子狐，蘭若蘭就滿心舒爽。

只是藺若蘭也沒想到這個決定卻是苦了水無月、雲牡丹，更為難了藺子狐……當然最後最為難的，還是自己。

可這世間是沒有早知道，更沒有後悔藥，只有老天爺看心情再決定好不好。

而賀府內也是不平靜。

早些時候，賀家老爺賀黃耆命人把水無月關在柴房，可等賀黃耆回到賀府之後，卻發現柴房有打鬥過後的痕跡，水無月不知所蹤，而自己的兩個女兒是哭哭啼啼又要死要活。

「這到底是怎麼一回事兒？」

「啟稟老爺，這二小姐呢，是傷了身骨，大夫說得靜養數月，至於大小姐則是……」

「大小姐怎樣？」

「奴才以為大小姐是怕二小姐搶走水無月，才私下拿了『須彌合歡散』，這意圖，奴才不好說。只是大小姐哭著說柴房鬧鬼，府裡上下鬧成一團，奴才喝了兩口黃酒壯膽去柴房觀看，沒看見鬼，但水無家的少爺也不見蹤影……依奴才之見，大小姐應該是無礙，只是略受驚嚇。」

「你們這些狗奴才！連一個人都看不緊、關不牢！」賀黃耆氣到連手上的茶碗都拿不穩。

這古有云：女大不中留。
還真是應驗在他家了！
先是二女兒接著又是大女兒，傳出去還像話嗎？
重點是，居然都沒得逞，這才讓他更加惱火啊！

第三章　愛情需要勞其筋骨

生活總是平淡的多，驚奇的少。

人們在日常生活瑣碎之中百般無聊的去過每一天……

錯！一旦這麼想就是大錯特錯了！

人們就是有興風作浪的基礎性能、八卦嚼舌根的天賦異稟，以及煽風點火唯恐天下不亂的擾國擾民，呃，不對，是憂國憂民。

正所謂無知比貧窮更可怕，在此是可以通體適用的應驗。

春滿樓的事件還沒冷卻，就傳出陳家的長工小六哥尋短見的消息。

有人說那是陳家老爺對待下人太過於苛刻。

有人說那是因為小六哥想要博取陳家老爺的同情，藉此抵銷賣身契的契約。

有人說小六哥撞了邪、卡到陰被怨魂找上要當替身。

有人說小六哥喜歡陳老爺的家眷，但自認高攀不上決定砍掉重練……

說法和版本通通都不同，還引起官府派官差來關切。

小六哥，瘦了。

這不是陳家老爺不給他飯喫，而是小六哥這廂是為愛憔悴。

可小六哥愛的人是誰？

街坊開始開賭盤，這賠率從事件開始衍生，總之每種說法都有人下注，最後還有人更缺德賭小六哥會不會再自殺一次？怎麼自殺？以及死不死得成？

就連離世避居在山野林間的藺子狐和雲牡丹，也聽聞了小六哥的最新話題。只是關於下注這麼一回事兒，藺子狐覺得賭盤莊家賠率過少而不屑參與下注就是了。

「牡丹，所以妳的意思是，那個陳老爺家的小六哥喜歡小翠？」藺子狐有些懷疑街坊傳出來的小道消息，忍不住和雲牡丹求證了這個八卦。

「是啊！上一回我還替小六哥跟小翠畫了一張『壁隅採陰式』，只是後來賀家二小姐來鬧了一下，您忘記寫眉批了。」

「快拿過來給我瞧瞧！我順便跟妳機會教育一下。這百姓呢，總有辦法把人搞瘋，輿論壓力則常常把事實給淹沒。至於愛情呢，一定要常常勞其筋骨，否則精力過剩就會庸人自擾、自尋煩惱、自我質疑、自我厭惡……」

「而且師傅您也說過，房事不快樂，凡事不快樂！」

「沒錯，牡丹變聰明了。」

「嘿嘿，是師傅您教得好！」

蘭子狐現在笑得可燦爛了，原先以為他那個散仙師傅會上門來找碴，只是轉眼幾天過去，山上安靜到連隻貓都懶得叫春。

既然他那個散仙師傅不出現，日子自然也不用過得太緊繃。

蘭子狐開始跟雲牡丹講解「人性」。

對於人類這種生物，蘭子狐這位狐仙有著很深的感觸。

人們的慾望總是無止盡地膨脹，沒錢的想要有錢，有錢的想要更有錢之外還想要有權，有錢又有權的人又怕自己福禍相依、命在旦夕，就連和尚尼姑喫齋念佛也忘記普渡眾生的初衷，只想尋獲解脫登上極樂。

鮮少有人慈悲為懷、正直不阿，根據蘭子狐這幾百年的觀察下來，這種人往往都死得早又死得快，還沒機會展現大愛，就消失了。不知變通者，往往也需要受更多的苦難才能早日輪迴。

而說到大愛，在大愛之前是小愛，最能展現小愛的表現就是談戀愛。

雖然說一般男女都是婚後談戀愛，那也是因為婚姻大事多半都是父母之命、媒妁之言。可培養感情也算是在談戀愛，說到愛情就更需要勞其筋骨。

一對夫妻感情好不好，看他們房事和不和諧就知道，再怎樣含蓄的人，乾柴碰上烈火也不免翻騰一下那像火花一樣短暫的熱情。

但，對尋常人家來說，這就夠了。
太多的熱情他們也承受不了。
家裡太多張嘴喫飯又會變成百事哀。
藺子狐呷了一口茶，高談闊論著。
而雲牡丹則是開心地一面做筆記，一面欣賞自己師傅眉飛色舞的神采。
對雲牡丹而言，師傅說的話都是對的！
師傅是個狐仙，早些年也在狐仙廟接受人們的香火祭拜，對於人類的眾多有所求，師傅是點滴在心。
如此菩薩心腸的師傅雖然只是個狐仙，但師傅就是這麼的與眾不同。
對於師傅的教誨一定要聽，因為師傅說他自己非常有先見之明。
先見之明是什麼？
好喫嗎？
雲牡丹不了解，但這不重要。
因為師傅總是在她身邊，師傅了解什麼是先見之明就好。
師傅說過，一日為師終身為師，就算天塌下來也有比自己個頭高的人頂著，不用有太多煩惱，因為煩惱的本身就是煩惱，問題需要時間來蹉跎，急也沒用。

人們就是喫飽睡、睡飽喫才會消化不良，才會有這麼多煩惱。

於是師傅就說了，喫是一定要喫，但是喫個三分飽，不餓就好，這樣不會消化不良，自然也就沒了煩惱。

在雲牡丹的心目中，師傅已經不只是師傅，師傅更是她生命的全部，是一種深深認定的感覺，如果可以她願意為師傅做任何事，只希望永遠長伴師傅左右。

可雲牡丹不知道如此單純幸福的想法也只能存在這個當下。

「這裡是雲朝古國的祭壇，我是藺若蘭，是你見過的藺子狐的師傅，雲牡丹的師祖，我出手救你並非本意，但既然救了你，也不指望你惦記著什麼，你若有心，我還可以傳授你幾套修身養性的法門，最起碼，像是『須彌合歡散』那種春藥你能免疫。」

「水無月在此謝過恩公的大恩大德。」水無月看著藺若蘭，還想著對方到底是什麼來頭？

藺若蘭瞇起眼看著水無月。

嘴裡說著感謝，但內心毫無感謝，這種謝字說出口委實太過於矯情。

藺若蘭是雲朝古國當權時期的人，見證雲朝古國消逝後，變成現在五國鼎立的局面，然而水無一族原本就是雲朝的古姓貴族，最後在現今北霧國定居。

「你可知道水無一族原是雲朝古國的貴族？」蘭若蘭不動聲色斂了一斂語氣，問著。

「水無一族確實是源自於雲朝古國，只是雲朝古國晚期因諸侯割據，最後滅國，形成今日五國鼎立的狀況。這是歷史，在下不便多談論。」水無月不知蘭若蘭提這些歷史往事要做什麼？心底有些好奇，卻也摸不著頭緒，只得四平八穩地回答。

「那你可知道雲牡丹就是雲朝古國最後的傳人？嚴格說來當今中曇國的君王還是雲牡丹的親人呢！」蘭若蘭語氣得意地說著。

「不知道。這與我有何干係？」水無月這會兒可真的是完全不知道該怎麼應答才好，那都是已成歷史的過去，現在提這個和自己到底有什麼切身的關係？

「欠債還債如此而已，千年前的水無一族是因為雲朝支撐才得以壯大，如今水無一族也凋零了吧！」蘭若蘭嘆了一口氣，對於水無月如此笨拙的反應面露無奈。

「水無一族一直都是人丁單薄。」水無月還是不能明白蘭若蘭拐彎抹角的說了這些，用意何在？

「那你可知道水無一族的祖先曾對天發誓要永遠效忠雲朝，如違背諾言，生不如死……我還記得很清楚呢！」

水無月看著這位高人，雖然說他是高人，但怎麼說話如此瘋癲？說得好像他真的見過一樣，千百年過去了，那眼前的他豈不是妖怪？

「我不是妖怪，但我也確實修行千百年，可我資歷不才，只是一位遊歷三界的散仙。」為了應證自己能夠聽見水無月心中所想，藺若蘭毫不客氣地回答著。

「水無月惶恐，不知仙人駕臨……」水無月聽著藺若蘭回了他的心底話，內心除了驚慌不安之外，也不知該怎麼和仙人應對？神仙啊！這可是出娘胎第一次遇到，天曉得該怎麼應對才好？

「你真的懂得什麼是惶恐嗎？」

藺若蘭露出一臉似笑非笑的表情後，留下水無月一個人在雲朝古國的祭壇內，發愣。

藺若蘭不急著要水無月領悟些什麼，不知是誰說過：不經一番寒徹骨，焉得梅花撲鼻香？看來要等水無月開竅還要一段時間呢！更何況水無月體內有「須彌合歡散」殘留的藥性，凡人之軀哪禁得起折騰，不多加休養，只恐造成日後閨房之間的陰霾……

藺若蘭拍了拍衣袍，美化環境，匹夫有責，更何況製造廣大中曇國女性的眼福，也是一名遊歷三界的散仙分內的小事……藺若蘭搖身一變，從邋遢不修邊幅的中年男子變成一位俊俏的美少年，大搖大擺的往中曇國都城走去……

有怎樣的師傅就會有怎樣的徒弟，所以若有人知道藺子狐有個怎樣的師傅，應該也不會意外日後他會調教出如何古靈精怪的雲牡丹了。

人跟狐仙是不會有結果的，又或者是說成仙之後的藺子狐也不應該放任雲牡丹對他有任何綺想。

蘭若蘭明知天機不可洩漏，但對於自己那個精明有餘卻又遲鈍異常的狐狸愛徒也有著掙扎。

任何人哪怕是自己的父母都不能替自己決定命運，每個人都有自己必須該去承受、面對的現實。蘭若蘭深呼吸了一口，決定暫時不去打擾藺子狐和雲牡丹這對師徒。

如果快樂是短暫。

如果生命就是如此反覆無常。

如果情慾和愛戀都是垂死掙扎。

如果緣分都只是過眼雲煙。

如果無常也無關乎悲喜。

那麼讓他們保留眼前的平靜，是蘭若蘭唯一能替他們做的。

只是時間是多久？

蘭若蘭不知道。

老天爺這個大總管有時很散漫，有時又很喜歡心血來潮搞些曲折波瀾，這是說不準兒的事情。

至於水無月則在獲得蘭若蘭出手相救之後，在雲朝古國的祭壇調養身體。

「須彌合歡散」雖然是春藥，但是也會傷及心肺，更別說上一回藥性發作水無月還和春滿樓的三位姑娘大戰了數回合，無論是體力上、精神上都遭受損傷，甚至心裡頭還有陰影殘存。

不是每個男人都能欣然接受不在預期內的豔福，最起碼水無月不曾想過自己會有這麼一天。

就連原本打算來中雲國迎娶賀家大小姐，帶她回北霧國放她自由的想法也煙消雲散。

自此之後最好不要再有任何干係。

就算賀家和水無家過去有著合夥做生意、結親家的交情，這連日來的風波，眼看這交情也無法維持下去……

水無月嘆了幾口氣之後，心底思考著該如何取捨應對……可不管怎麼思量，心底總是糾結，而糾結的過程當中，那種想能免就免、得過且過的僥倖心態也不是沒有，但終究還是說服不了自己對於賀家所作所為有了成見的事情。

水無月休養了幾天，心底也糾結了幾天，身體上的勞累感、虛脫感，褪去。對於要和賀家從此決裂的心思，還是沒有一個確切的定見。

人非聖賢，孰能無過？

倘若要和賀家斷了來往，自己不也變成食言而肥的小人了嗎？

自己不是答應過賀茯苓，要帶她去北霧國的嗎？

那如今，是要履行承諾？

還是要裝作沒這一回事呢？

水無月此時對於自己身在何處？也疑惑不得其解。更別說對於春滿樓那三位姑娘有著深深的愧疚……那是被下了「須彌合歡散」這等強烈春藥之後的行為，雖不是本意，但也確實和那三位姑娘做了苟合的事情。

街坊最新的賭盤還是陳老爺家的小六哥。

就連不踏出春滿樓的小翠也知道最新的八卦還有賭盤消息。

而藺若蘭現在就是要去找小六哥。

眼下要等到水無月立即開竅，順著自己的意思去勾搭雲牡丹讓他那個狐仙徒弟跳腳，還不如先從小六哥那兒下手。

如果能說服小六哥去找小翠，勸小翠放棄在春滿樓安身跟小六哥私奔，那不就會有好戲看了嗎？反正不管水無月也好、小六哥或小翠也好，他那個狐仙徒弟總是會沈不住氣，氣得跳腳的吧！

師徒大鬥法，到底是藺若蘭夠老謀深算？還是藺子狐技高一籌？

變成俊俏美少年的蘭若蘭露出燦爛的微笑，他聲稱自己是陳家的遠房親戚來認親的，踏入陳府，一見陳老爺立刻大喊一聲「叔父」，還哄得陳家老爺很開心，這一聲「叔父」、還有昂貴的見面禮，讓陳老爺開心到忘記懷疑真假。

不過遠房親戚來認親是真是假不重要，真金白銀才是實在妥當。

陳老爺趕緊招來下人幫這個登門認親的姪兒安排住處，順便又叫手腳俐落的丫鬟趕快將禮物和黃澄澄的金銀珠寶送進去庫房。

蘭若蘭就很乾脆地在陳府住了下來。

而另一廂蘭子狐隱隱約約也感覺到不對勁，偏偏怎樣掐指演算也算不出來自己師傅是在搞什麼名堂。但出自於動物性直覺，再加上對於危險的本能反應，蘭子狐索性也拖著雲牡丹，風風火火衝到都城賀家，假冒親戚。打算來個見招拆招……

蘭子狐假冒的身分是賀家老爺那個早死老婆的三伯公的兒子，而雲牡丹則是他一位故人的女兒，他們湊巧來到都城做生意，所以特地前來賀府打招呼。

賀黃耆雖然對於突然有親戚上門認親這一回事兒很感冒，但蘭子狐帶上大批的珍貴草藥以及珍奇古玩也算入了賀黃耆的眼。

重點是蘭子狐還獻上了傳聞中的「飄飄欲仙」和「龍飛鳳舞」這兩款藥。

前者是比「須彌合歡散」還要厲害的春藥，後者也是傳聞中喫了之後行房包生子嗣的秘藥。
賀黃耆也怕這個從天上掉下來的財神爺跑掉，趕緊命家僕好生款待他這個遠房親戚，又叫上管家把禮物給搬進去秘室裡鎖好。
這下都城又熱鬧了。
關於小六哥的賭盤馬上被封盤。
取而代之的是陳老爺家那個美少年跟賀老爺家的那位花美男，究竟誰比較俊美？有無妻小？是否家財萬貫？
「師傅，您真的要跟師祖鬥啊！」
「鬥！這當然要鬥！不出一口氣我怎麼甘心?!這個死老頭不好好去遊歷三界當他的散仙，跑來鬧場。」
「師傅，您怎麼知道師祖爺爺是跑來鬧場？」
雲牡丹的疑問讓藺子狐不知道該怎麼回答。
對！藺子狐又是從何得知藺若蘭是來鬧場的呢？
這答案其實很簡單，因為藺子狐出手干預了小翠的命運。
這可是違反天律的事情。
只是藺子狐萬萬也沒想到自己的師傅不支持自己也就算了，還親自來攪局！

「牡丹啊，妳覺得是師傅比較厲害？還是妳師祖比較厲害？」藺子狐癟著嘴，神情失落地問著他的寶貝徒弟。

「牡丹覺得師傅最厲害！」雲牡丹豎起大拇指，給了一個肯定的鼓勵。對於讚美她師傅雲牡丹向來就是表現奇佳！

「這就對啦！妳的師祖呢，不相信妳師傅我很厲害，所以師傅怎能讓他老人家失望呢，妳說是不是啊，總是要表現一下嘛！」

「師傅啊，您表現幾下都好，可是您這會兒怎麼在冒冷汗呢？」

雲牡丹完全不能理解藺子狐現在的心思，只知道要住在賀家，讓她覺得不太舒坦之外，就是她師傅好像生病了，從出門到現在都是一臉蒼白沒有血色……

藺若蘭和藺子狐這兩位美少年和美男子在都城變成話題，除了開賭盤之外，不少未婚的閨女、失婚的寡婦成天往陳府和賀府家門口走動。

而藺若蘭和藺子狐也沒讓都城的女性同胞們失望，每一天都從一大清早開始，就給女性同胞福利大放送……

「我說師傅啊，您老人家假冒成少年郎會不會臉皮太厚了些……」藺子狐抿了抿嘴，毫不客氣地強調藺若蘭假扮的模樣太過於虛假。

「好說、好說，我現在的模樣也不算是欺騙社會大眾，最起碼我只是變成我年輕時的模樣，怎樣，忌妒嗎？我的好徒弟，反倒是你，變成男子又想吸引誰的目光？我還以為你會很識趣的變成美嬌娘勾引為師呢！」藺若蘭哪聽不出藺子狐話中的嘲諷，可人死留名，虎死留皮，人不要臉天下無敵，神仙愛美更當無敵！

「我說師傅啊，您還會被我的美色所誘惑嗎？省省吧！」藺子狐忍著想衝上前去撕爛藺若蘭偽裝的樣貌，擺出不屑的神色，還用鼻孔哼了哼幾下表示抗議。

藺若蘭穿著一身水藍飄逸，胸口開襟處、袖口和腰帶有著巧妙精細的銀線繡成繁複的圖案。

而藺子狐穿著一身銀白，雖然簡單但這疋布可是北霧國最厲害的繡娘的隱繡作品，在光線的折射下，那白也不是純粹的白。

像是展示身上衣物一樣的在街上走一圈，師徒兩人都買了豆漿和燒餅各自回家去。

那天，都城的燒餅和豆漿供不應求。

還有都城的繡娘接訂單接到哭出來……

接著是下午，藺若蘭換了一身青綠的衣裳，開襟處都滾了金線，而藺子狐則換了一身一樣是隱繡的絳紫，兩人像是約好一樣的又在都城大街上碰上，無視於所有女性同胞的驚呼和心碎落滿地，一起踏入春滿樓，也同時點名了要小翠接待。

春滿樓並沒有因為這兩位話題人物同時出現而開心，畢竟男子太過於美豔，對女子而言是一種污辱。

小翠依照春滿樓嬤嬤的安排來到廂房和藺若蘭、藺子狐見面。

小翠穿著一身粉綠的薄紗，妝容淡雅，桌上也只放茶水、茶點，不見酒食。

「姑娘就是聞名都城的小翠？」

「聞名不敢當，只是不知兩位公子來春滿樓找小翠，有事嗎？」

「小翠可認識陳府的小六哥？」

「認識，小六哥是陳府的長工。」

「那麼小翠肯定知道小六哥是為了哪位伊人而憔悴嘍？」

「小翠不知道，小翠已經身在春滿樓了，不便過問陳府的事情，還望公子自重。」

藺若蘭有些訝異，但瞥見自己徒兒得意的神色，按下惱火的神色，換上一張笑咪咪的臉繼續盯著小翠瞧。

「小翠都離開陳府要展開新的人生了，您又何必如此不識趣呢？」

「春滿樓是煙花之地，如果有人有心要報恩，怎會推人入火坑？我這是在收拾善後。」

「胡說！」

「我不是胡說，如果是我，我會奉上真金白銀將人送離開中疊國，既然要重新開始，去其他地方，隱姓埋名不是更好？有人就是腦袋不靈光，真是傷腦筋啊！」

「喔，這麼說您有辦法嘍！那您可曾想過離鄉背井未必是最好的選擇。」

「辦法這麼多也不用將人送到煙花之地吧！」

「煙花之地又如何？最起碼這裡的人靠的都是自己。」

「那是你對人有偏見。」

「那您此言論不也是藐視煙花女子！您這是歧視！是污辱！」

「哼！隨便你怎麼說！」

小翠一臉無奈的看著美少年和美男子鬥嘴。

從剛剛到現在小翠都在自己喝茶、嗑瓜子。

雖然能夠看著兩位俊美男子鬥嘴是很養眼，但是小翠總覺得哪裡不對勁又說不上來……

尤其是這位眼神狐媚的男子，總覺得曾在哪兒見過？可一時之間又想不起來。還有，另一名少年，雖然神色從容也帶著一張笑臉，但卻感覺不到笑意，而且一來就提到小六哥，這是什麼意思？

小六哥啊！

不知道他過得好不好？

聽說他鬧自殺了……為什麼要鬧自殺呢？

如果說是為了伊人憔悴，那又更說不過去了。不是都說好彼此是各取所需嗎？小六哥需要的是錢，自己需要的是肉體上的滿足和刺激。這不都是一開始就說好了嗎？

這可不是自己犯賤！

沒有愛情不打緊，但是沒有安穩的生活可是萬萬不成，之前好不容易拜託媒婆才讓自己脫離貧困嫁給陳老爺做妾，愛是什麼？

愛不能喫也不能賣！

這些人到底懂不懂？

他們有沒有經歷過那種喫不飽到把自己小孩活活餓死，再來烹煮入腹的滋味？或許是都城繁榮，沒人知道偏遠地區過得是有多困苦，所以才能如此說風涼話。呿！這是笑話！

打從有記憶開始就為了生存而搏鬥，啃樹皮、挖番薯、喫雜草……

後來聽鄰居說要把小孩子賣給牙婆，給都城的大戶人家當童養媳，好過耐不住飢餓把孩子給喫下肚。

小翠很認命，自己找上牙婆，請牙婆幫忙把自己賣給大戶人家當婢女、當妾。牙婆看著自己，嘆了幾口氣，看在同鄉的分上，找了當媒婆的表親把自己送給陳老爺當妾。

自己如願的嫁給陳老爺當妾。

把陳老爺給的首飾都送給媒婆、牙婆當謝禮，這些不都是三年前的往事而已，現在想起來卻像是過了一輩子。

老實說，被春滿樓的嬤嬤接到春滿樓後，小翠自己還鬆了一口氣。

對於陳老爺，沒感情卻有著感激，畢竟偷情雖然刺激但也充滿了罪惡感……

小翠的心聲，藺若蘭和藺子狐都聽見了。

藺子狐掩飾不住得意，而藺若蘭則顯得有些沮喪。

藺若蘭原本還想著要拿千兩黃金幫小翠贖身，讓小翠和小六哥能遠走他鄉去過日子，但，從小翠內心的自白當中不難察覺，小翠無意和小六哥私奔，甚至不想離開春滿樓。

「子狐，你好自為之吧！」

「我好得很！」

「天命不可違，你……」

「我不認為我有違抗天命。」

藺若蘭自覺再說下去也是浪費唇舌，拿出事先準備好的千兩黃金交給小翠……

「若小翠姑娘願意，這千兩黃金就當在下一點心意，願姑娘能早日忘卻過去，帶著這些錢重新開始。」藺若蘭就不相信這麼一大筆錢，小翠不會心生動搖？難道待在春滿樓會比拿著一大筆錢財跟小六哥比翼雙飛差嗎？

蘭若蘭留下千兩黃金之後，拖著蘭子狐離開春滿樓。

「師傅啊，您有病嗎？您給凡人這麼多錢不是幫他們，是害了他們！」

「那總也好過你把她送到春滿樓當煙花女子吧！」

「師傅！您是當散仙當到傻了嗎？我這是讓她自食其力，去了春滿樓也未必是當妓女，您真的是老糊塗了！」

也許這世界上也有神仙說不準兒的事情……

世事無常大約就是這麼一回事兒。

就在蘭若蘭和蘭子狐為了小翠的事兒槓上的同時，春滿樓的嬤嬤送給陳老爺的兩位清倌「喜兒」、「穗兒」，也因為小六哥和喜兒好上，接著又因為穗兒的自我犧牲，小六哥決定鋌而走險。

而另一樁，則是水無月也在調養身體數日之後，決定上賀府負罪退掉親事卻遇到雲牡丹，水無月二話不說拎著雲牡丹離開賀府，緊接著又是一場雞飛狗跳。

先說說小六哥的事情。

小六哥為愛傷神，喜兒好心的送飯去給小六哥喫，這喫著喫著卻喫出乾柴烈火來。

喜兒原本就對於要服侍陳老爺這件事情很不上心，又遇見了年輕力壯的小六哥，有些意亂情迷，有些半推半就，然後一個不小心就這麼剛好，那天喜兒沒穿褻褲，又那麼剛好小六哥的兩胯之間異常衝動，於是乎喜兒就很剛好的跌坐在小六哥身上，然後小六哥也忘記哀傷的扭動身軀、擺盪腰桿，一陣又一陣的呻吟聲從喜兒嘴裡發出來，小六哥又很順便的用自己的嘴堵住喜兒的嘴，攪拌了一下舌頭，順便換個姿勢再來一次，就這樣上上下下、前搖後晃過了一個多時辰，喜兒面泛嬌紅的虛脫，小六哥也氣喘吁吁的汗流浹背。

初歷人事的喜兒在歡愉之後感到痠痛難耐，小六哥又是哄著，又是揉揉捏捏，這又揉又捏接著是又親又抱，然後兩具身軀又疊在一塊兒。愛情來的時候，果然是需要勞其筋骨的啊！

與喜兒一起被春滿樓嬤嬤送給陳老爺的穗兒，和喜兒情同親姊妹。

穗兒擔心喜兒被陳老爺發現不再是清白之身，當天就拿著珍藏許久的「須彌合歡散」摻在酒水裡讓陳老爺喝下去。

原本總擔心自己清倌的身子在春滿樓被糟蹋，所以託人買到聞名都城的「須彌合歡散」。這「須彌合歡散」散可是出了名的強力春藥，喫下去，那就犯不著清醒的做苟合之事了。想說，有朝一日能派上用場。如今，也是該拿「須彌合歡散」完成這件事情了……

陳老爺雖然年紀未過半百，但也被「須彌合歡散」的藥性搞得半死不活，穗兒看著躺在床榻上腦滿腸肥的陳老爺，咬緊牙關心一橫，效仿喜兒和小六哥交歡的模樣跨坐上去，雖然這並非是自己的初衷，但是為了喜兒，和自己日後的生活，忍著噁心感和疼痛，嗯哼一聲又一咬牙和陳老爺快速洞房，隨後還拖著疼痛的身軀，拉著喜兒和她一起睡在陳老爺身邊。

陳老爺醒來之後還傻乎乎的以為自己喫了處子之後，返老還童，勇猛過人……開心地賞了穗兒和喜兒金銀珠寶。

穗兒交代喜兒千萬要小心，雖然委身於陳老爺是萬不得已，但她們的身分是不容許她們有半點差池。喜兒又哭又笑地跪謝了穗兒的成全，但這樣的日子往後還能過上多久？喜兒心底沒法子打算，只好跟小六哥吹吹耳邊風，打商量。

這一切都來得很突然，不過就是藺若蘭和藺子狐待在春滿樓的那段時間而已。

可這些時間已經足夠三個人構思一樁駭人聽聞的事件……

小六哥裝病說要抓藥，便離開陳府去了一趟都城郊外，撬了三座墳挖出三具屍骨。然後又拿出柴油將陳府後院女眷的住房給淋上柴油，小六哥將三具屍骨各別放在穗兒、喜兒和自己的房舍內，然後縱火。

小六哥趁著大火延燒之際，帶著穗兒和喜兒逃出陳府直奔官道。為了三人日後的幸福，喜兒和穗兒決定一起當小六哥的妻子，不分大小，離開中曇國，遠走他鄉另謀生路。

而等到蘭若蘭從春滿樓離開再回到陳府的時候，只見陳老爺灰頭土臉的看著自己的家園被火無情消滅。更別說自己才剛嚐過的小妾也不幸死在火海之中……蘭若蘭掐指一算，算出這檔混事。

第一場師徒過招，蘭子狐勝出。

可蘭子狐卻笑不出來，因為他的寶貝徒弟……不見了。

蘭子狐快急瘋了，他聽不下賀黃耆的解釋，匆忙地趕往陳府要找蘭若蘭，卻看見陳府被大火燒到面目全非。

「我說師傅啊，咱們鬥一鬥也無須連累尋常百姓吧！」

「這不是我做的！」

「那還請師傅把我徒弟交出來吧！」

「你徒弟？」

「蘭若蘭，我敬重您是我師傅，可有些玩笑是開不得的。」

「真好笑！從一早到適才我都與你在一塊兒，你的寶貝徒弟不見了，你怎麼會找我要呢？」

蘭子狐看著蘭若蘭，評估蘭若蘭所言不假之後，著急的彈指射出幾枚狐毛，快速地追蹤起雲牡丹的下落。

就這麼兩件不大不小的事情，也把平日安靜的都城給鬧得翻騰。

陳老爺的家僕收拾細軟之後發現許多財寶都在大火中不翼而飛，又等官府派人來驗過之後草草將「羅難者」給下葬。

陳府的損失非常大，因為平日一些房契、地契都深鎖在後院的庫房之中，然而現在那些證明文件都被火給燒了，誰又能證明那些產業是屬於陳老爺的呢？不少家僕還乘機逃跑，反正賣身契多半也給火燒了，此時不走更待何時？

陳老爺富賈一方的盛名，如今也真成了過往雲煙了。

這時還有人說小翠好命。雖然早些日子被送去春滿樓，今日倒是躲過一劫……這些話聽到陳老爺耳裡，是格外刺耳又椎心。

但另一波高潮又來了，在春滿樓的小翠聽聞陳府的噩耗，託了春滿樓的嬤嬤送給陳老爺五百兩黃金。

如此有情有義又大手筆的舉動，又更加大了人們對於小翠的好奇。

小翠怎有黃金五百兩？

有這麼多錢哪還需要嫁到陳府當妾？

難不成真有神仙在幫襯著小翠？

各種傳聞傳遍都城的大街小巷，就連官爺也到春滿樓找小翠問話。

小翠只說這是一位恩公給予的錢財，聽聞陳府遭遇如此不幸，一夜夫妻百日恩，小翠不願見到陳家從此家道中落才拿出錢財來救濟。

而春滿樓的嬤嬤也證實了這個說法，說小翠稍早之前確實是接待了兩位貴公子，誰又曉得有錢人心底在想什麼，小翠不過就是陪說個話，貴公子賞金如此豐厚。小翠念在過往情分想報恩，沒想到惹來這麼多閒言閒語……

春滿樓嬤嬤的意思是——倘若陳老爺怕別人笑話他、瞧不起他，那嬤嬤很樂意替小翠回收這筆錢財，免得落人口實。

這下戲演到最高峰，都城的官老爺都發話了。

既然都夫妻緣散，陳老爺不能白白接受小翠的餽贈，立下借據，由官老爺見證，這件事情就此打住。

而這起事件的最大獲益者依然是春滿樓的嬤嬤。

有了小翠這麼一個傳說中的人物，春滿樓的生意恐怕又要翻上好幾翻了……

「小翠啊，妳又是何必呢？我看那陳老爺非但不感激妳，還扯上官府找妳麻煩。做好事卻惹晦氣，多不值得啊！」

「嬤嬤，您別再說了。先招呼生意吧！在別人眼中，我是陳老爺的小妾，我欠陳老爺的，經過這件事情，現在也算是一筆勾銷了，此後，我不再與陳老爺有任何相欠，這才是最好的，不是嗎？」

「我的乖女兒，嬤嬤不會讓妳受半點委屈的！」

春滿樓的嬤嬤又是嘆氣又是眉開眼笑，怎麼有人就是有辦法把這兩種極端的情緒組合在一張臉上呢？

有別於春滿樓的喧譁，水無月拎著雲牡丹從都城賀家來到雲朝古國的祭壇，荒蕪是這兒的唯一特色。

倒在地上的青銅鼎和丹爐訴說著這兒曾繁華過……

「你帶我來這兒有什麼新鮮事兒嗎？」雲牡丹在祭壇內轉了一圈，問著。

「妳都不緊張我把妳怎樣嗎？」

「你會把我怎樣嗎？」雲牡丹歪著頭，看著水無月，實在是不知道水無月在緊張什麼？這會兒還冒冷汗了呢！

「這話兒是我先問妳的，妳怎麼反問起我來了呢？」

「不對！是我先提問的，我說這兒有什麼新鮮事兒嗎？」

「好吧，先不扯這些，妳對此處有印象嗎？」

「沒有。」雲牡丹看著四處如廢墟的場景，老實又乾脆的回答。

「這兒是妳的出生地呢！」

「然後呢？」

「妳可知道雲朝古國為何會從歷史上滅除？」

「我需要知道嗎？」雲牡丹沒好氣的看著水無月，心想著：就這點小事情何必特地把她帶來這兒問答？

「這可是攸關妳的身世的事兒，難道妳不想知道嗎？」水無月急切地又追問了一句。只是看雲牡丹的樣子，似乎對這兒的一切事物完全不感到好奇和興趣？

「我師傅說，人的腦子能記得的東西有限，所以儘量記得快樂的事情就好。不快樂的事情就忘光光也無所謂。知道多少也不是最重要的，就跟肚子也塞不下天下所有好喫的食物一樣。」雲牡丹聳了聳肩，語氣不鹹不淡。好像早就把這個台詞記牢了，順口說出來一樣。

「歪理！」

「這是真的啦，就像我再怎麼喜歡喫蜜汁烤雞腿，喫個兩隻蜜汁烤雞腿我的肚子也就撐了。」

「妳不想知道妳父母是誰嗎？妳不想知道自己的身世背景嗎？難道妳願意就這樣不清不楚的過下去嗎？妳有沒有想過也許妳有國仇家恨？」水無月激動地說著，雖然這個激動的理由連自己都覺得好牽強。但已成歷史的過去，現在追究這些又能如何？復國嗎？討一個連當事人雲牡丹都不在意的公道嗎？

「水無月，你是頭殼壞掉喔！啊！我知道了！你現在這種狀態就跟都城趕考街上那些應試的讀書人一樣，憤青！欸，不要喫飽沒事做胡思亂想啦！啥米國仇家恨？太嚴重了！如今天下分為五國也很不錯啊，中曇國的君王也很厲害啊，過去就讓它過去吧！」雲牡丹拍了拍水無月的肩膀，也不知道水無月今天是吃壞肚子還是卡到陰，怎麼發起神經來還真是莫名其妙啊！

「雲牡丹！妳到底是知道在裝傻？還是妳根本不知道事情的嚴重性？」

「知道又如何？不知道又如何？我當然知道當今天下五國的國君都跟我有親戚關係，師傅老早就告訴我了，但那又怎樣？我跟我師傅在一塊躲在山野林間也很快活啊！嚴重性是什麼？是你在春滿樓學習到的新招式嗎？」

「雲牡丹，難道妳沒想過復國嗎？收復雲朝的勢力？」水無月看著雲牡丹，其實不用雲牡丹說自己心裡也很清楚，談復國收復勢力根本是荒謬。水無月也不知道自己為什麼會這麼執著於雲牡丹的身世？執著到連自己都快不認得自己了……

「你病得不輕喔，水無月我勸你還是趕快去看大夫吧！我現在日子過得多舒適安泰，又逍遙愜意……神經病才會想興風作浪。雲朝古國已經亡國多久了，五國國君禮遇雲朝遺族，你有什麼好不滿的？過去已經是歷史，現在五國百姓過得安樂，又何苦為了那些抽象不著邊際的歷史害其他無辜的人受累。」雲牡丹托著香腮，心裡想著師傅怎麼還不來？再和水無月廢話下去，只怕自己待會會忍不住踹水無月幾腳……

「妳可曾想過，這一切都應該是屬於妳的，屬於雲朝的榮耀。難道妳完全不留戀嗎？」

「水無月，你是有完沒完啊！是要我說幾次啊！榮耀是什麼？好喫嗎？這人生就是喫喝拉撒睡，然後死掉。結果都是一樣的！人，生來就注定死去。殊途同歸你懂不懂意思？我當我師傅的寶貝徒弟就很滿足了！」

「既然妳執迷不悟，那就請原諒我……」

「你想對我寶貝徒弟做什麼？」

藺子狐從水無月問雲牡丹說到這攸關她的身世時，就趕到了。

藺子狐聽著雲牡丹和水無月的對話，這愈聽可是覺得愈有趣。

沒想到雲牡丹這丫頭，還是頂清楚狀況的嘛，沒因為水無月的話，而想法有所改變。

「你……」水無月看著藺子狐，一時之間亂了方寸，話都卡在咽喉裡，吐不出半句。

「下次要約我徒弟出來遊山玩水，好歹也知會我一聲。不過我想，如果還有下次的話，我應該會打斷你的雙腿、扭斷你的脖子。」

蘭子狐惡狠狠地看著水無月，要不是雲牡丹完好無缺，就算是冒犯天條他可能也會不顧一切的出手。

水無月看著蘭子狐，心底撲通撲通的跳著。

雖然分不清楚這是一種怎樣的情緒，但是再次見到，還是想起那場春夢以及春滿樓發生的事情。

「既然你是她師傅，那你應該知道我水無一族過去是侍奉雲朝的。」

「那又怎樣？雲朝古國已經不存在，你眼前這一位碩果僅存的雲朝公主，她是我蘭子狐的徒弟。公主這個頭銜，已經不存在。你的言論足夠讓你被五國國君通緝凌遲到死外加五馬分屍，你想找死請自便，不要連累我的徒弟白白受牽累。還有，我師傅蘭若蘭的話你隨便聽聽就好，不然你黃泉之下會連自己怎麼死的都不知道！」

「你師傅是一位得道仙人。」

「那又如何，不過是一個遊歷三界的散仙而已。今天好戲已經結束，我勸你趕快滾回北霧國，不然賀家的兩位千金又找上你，你很清楚你自己會有什麼下場。」

蘭子狐扔下這句話之後，當著水無月的面前摟著雲牡丹騰雲駕霧的離去。

雲牡丹看著面罩寒霜的蘭子狐，窩在他的懷裡撒嬌，企圖安撫蘭子狐高漲的怒氣。

「師傅啊，生氣吼！」雲牡丹把臉埋在藺子狐懷裡，蹭了幾下，用力地嗅著師傅身上那股令她安心的氣味。

「沒有！」藺子狐嘴巴說沒有，心底想著要找機會整治水無月那個不長眼的二愣子。

「可是您打破了不在一般人面前施展法術的原則。」雲牡丹努著嘴，低聲的說著。

「那又如何？我高興就好！原則是我訂的，我自然可以選擇遵不遵守。」藺子狐驕傲地揚起下巴，不負責任地強調著自己的立場。

「不要生氣嘛，生氣會長皺紋喔！」雲牡丹看師傅不再那麼生氣了，嬌笑著用手指了指師傅的臉頰。師傅還是這種笑臉最讓她開心……

「牡丹，為師不想勉強妳。妳自己說，妳會想……復國嗎？」藺子狐斂了一下自傲的神色，小心詢問著。

「我不想啊！現在天下太平，復國能做什麼？」雲牡丹隨手玩起自己的頭髮，漫不經心地說著。

「那妳會想了解自己的家世背景嗎？」藺子狐雖然深知雲牡丹的性子，但剛剛水無月才出言煽動過，不問問著實不太放心。

「我知道我是師傅的寶貝徒弟，這樣就夠了。師傅您說過，做人不可太貪心，貪心過了頭就變成貧。」雲牡丹仰起臉來，臉上掛著燦爛的笑容回應著。

「很好！非常好！為師今天心情好，想不想喫蜜汁烤雞腿啊？」蘭子狐很滿意雲牡丹的回答，這個滿意也讓他一掃剛剛的不快……水無月算什麼東西？還不是被他那個無良師傅利用的二愣子而已。

「師傅啊，我們什麼時候換地方住呢？」

「怎麼了？怕了？」

「師傅，我知道雲朝古國是怎麼滅國的。我也知道您不斷的幫我換血好抑制我不發作……我是怪物嗎？」

「妳這傻孩子，說到怪物妳還沾不上邊呢！別忘記妳師傅我，可是狐仙呢！」

蘭子狐用手揉了揉雲牡丹的頭髮。

這個愛憐的動作就算做過幾千萬次都不會厭倦。

那雙肥胖的短手還在記憶裡。

但是小女嬰長大了。

有些事情不能隱瞞，但也可以不說破。

就如同雲牡丹的身世一樣。

這時蘭子狐就開始有些怨氣了，他那個散仙師傅，出現還真都沒好事情。

蘭子狐此時當然不知道蘭若蘭為何要煽動水無月，也不知道雲朝古國的千年詛咒從未在他這個寶貝徒弟上免疫過。

如果愛與恨都是一念之間。

如果過去和現在都能不再重疊。

如果情愛原本就是如此蒼白無力，那這世間的一切也不過就是老天爺的一個玩笑而已。

一如雲牡丹的存在。

藺若蘭看著藺子狐摟著雲牡丹離去的背影。

也在這個時刻藺若蘭才發現自己實在是太小看了自己的徒弟。

原來藺子狐早就發現了，是嗎？

關於那個百年前曾在這片中土大陸創造出奇蹟的古國，那個為什麼能培養出無數戰神的雲朝……

第四章　少年情懷落得狗喫屎

水無月看著藺子狐和雲牡丹離去的背影，整個人失魂落魄的跌坐在地。

那對師徒完全不像一般的師徒關係，有著像是強力磁場一樣緊密相吸，讓其他人介入不了的密合感……

水無月是從雲朝古國祭壇遺跡的銅鼎中找到當初雲朝被滅亡的原因。

如果雲牡丹能夠「覺醒」，那麼放眼天下誰又能夠匹敵？

但是知道這些秘密的人都死光了，眼下，就連雲牡丹本人也沒有意願擔當起復國的責任，那他敲什麼邊鼓啊，簡直是自取其辱！

「這麼輕易就想放棄了嗎？」

「晚輩不才，辜負仙人的期望……」

「這不怪你，如果我那個傻瓜徒弟和那笨蛋徒孫有這麼好說服，你以為我為何不自己出面就好。」

「晚輩不懂仙人的意思。」

「再接再厲、繼續努力！才失敗一次而已，成功的果實是堅持到最後的人才嚐得到的。我已成仙，原本就不該插手凡間的雜事，但當初一念之仁還是叫我徒弟去援救雲朝的最後一個血脈。豈知，老天就是愛開玩笑，當初我錯誤的決定，現在也得由我出面來善後。」

「是天要滅掉雲朝？」

「或許吧！雲朝一族的女子皆很長壽，你可知道為什麼？」

「老天眷愛？得天獨厚？」

「如果是老天眷愛又能得天獨厚，今日怎會不復存呢？雲朝一族的人到一個年紀之後力量會開始覺醒，他們會自己尋找合適的交配對象孕育出下一代，雲朝的男子會找上女子交歡，做到精盡人亡，而雲朝的女子一旦懷孕之後則會開始嗜血，維持容顏。雲牡丹的生母懷胎懷了足足百年才把雲牡丹給生下來……這算得天獨厚嗎？」

「這……這算天譴了吧！」

「原本我以為我的徒兒不清楚這些事情，不過看來他似乎早有防範。不然他也不會總是幫雲牡丹放血，但放血真能抑制力量的覺醒嗎？」

「晚輩現在非常迷惘，如果是這樣，為何仙人還要晚輩去遊說雲牡丹復國呢？」

「誰也不知道雲牡丹是否繼承了雲朝一族的力量。」

「這太冒險了！」

「天命不可違，如果天要亡雲朝，只恐怕也不會獨留雲牡丹活得逍遙快活。我還寧願這丫頭轟轟烈烈的做點什麼，也不要枉死在老天的一時情緒。」

水無月還是摸不透藺若蘭話中的意思。

水無月在意的，是藺若蘭的徒弟，雲牡丹的師傅。

而藺若蘭怎會不懂水無月的心思呢？

那一點心聲，聽多了都會反胃。

正所謂少女情懷總是詩，可少年情懷總會落得狗喫屎。

這水無月誰不好暗戀，竟然愛戀起自己那隻狐仙徒弟。

這年頭是怎麼了？

流行人獸戀？

好吧！就算是人獸戀，好歹也一公一母嘛！呃，一男一女。

兩個男的是能有什麼搞頭啊！

真看不出來這個水無月有龍陽之好……失策啊！還得扯點小謊掩飾事實……罪過啊！

藺若蘭一想著這兒，忍不住打了一個哆嗦。

再看看水無月那雙眼迷濛的樣子，心底又閃過許多念頭。

既然水無月對雲牡丹起不了任何作用，就不知道對他那位狐仙徒兒會有什麼效果？

兩個男人之間的綺麗，藺若蘭怎麼想都不正常，怎麼想都不舒服，可卻也想看看藺子狐會怎麼接招？

師徒對壘第二場，開鑼了……

話說都城這幾天有些騷亂。

前些時候出現的兩個美少年又神秘地消失了。

被火焰無情吞噬家園的陳老爺，在小翠的金援之下開始重新整頓。

至於春滿樓也因為小翠而生意興隆……

都城中，多少少女失魂落魄哀怨泣淚，美好的總是太難保留，還沒能跟美少年搭上線、說過話、牽過手、搞搞曖昧，人就不見了。

少女怨婦的哀嘆聲，蔓延了整個都城。

而雲牡丹則想起自己先前送給水無月春滿樓一人大戰三女的春宮畫，現在去討回來似乎不是恰當時機，可「作業」還沒完成呢！

雲牡丹拿著畫具，在深夜中，藉著月娘的光，匆匆地趕往都城。

這春宵最近都很寂寥，少了春宵只剩靜悄悄。

固定探點的陳府已經沒了。

賀府雖然家大業大，但卻沒有新鮮事兒。

雲牡丹在巷弄內左訪右探，好不容易看見一戶人家正在「夜間施工」……

可是橫看豎看，雲牡丹都看不出來床上的動靜有什麼驚奇，就在雲牡丹想轉身掉頭的時候，屋內又有動靜了。

「這是跑馬穿揚式！」

「師傅！嚇死我了……」

「人沒那麼容易被嚇死，小聲點！我不放心妳一個人跑出來，所以跟了過來。」

雲牡丹很專注地在作畫，瞇著眼觀察著屋內的情況，可這定神一看，那床上的女子不正是前些時候被師傅整治過，摔得快要殘廢的賀家二小姐「賀芙蓉」嗎？

怎麼賀家二小姐傷好了，還出嫁了？這麼大的事兒，怎麼一點消息也沒傳出來？是自己消息不夠靈通嗎？

雲牡丹停下筆來，有些錯愕跟不解。

這到底是怎麼一回事呢？

那個男子又是誰？

雲牡丹看了好一會兒，才看出那男子竟然是賀黃耆。

「師傅……」

「別看了，傷眼睛！走吧！」

「他們不是父女嘛！」

「牡丹，別多想，人有時候會比禽獸還要禽獸！」

藺子狐望了屋內一眼，摟著因為受到驚嚇而發抖的雲牡丹快速離去。

亂倫總是悲劇。

誰又知道賀黃耆的長女賀茯苓先前就是為了躲過自己親生父親的毒手才會逃家，進而認識了自己叨叨唸唸的那個人。雖然之後又返回賀家，但也總是裝病躲著。

天曉得賀黃耆怎會對自己的親生女兒下手？

也許是受到太大的驚嚇，雲牡丹實在是無法做出任何反應，直覺的感到不舒服。對於撞見亂倫的場面，除了錯愕之外，就是對於人的負面感到不安。這可是有違倫常的事情啊！雲牡丹愣著不知道是否該聽師傅的話不要多想？但不要多想是不要想多少？還是完全不去想？

這都城雖繁榮，但也不是沒發生過什麼稀奇古怪的事情，可亂倫，能算稀奇嗎？還是要歸類在古怪？

藺子狐心底有些慌亂，不知道該怎麼安撫他心肝寶貝徒兒。畢竟亂倫這種事情，實屬罕見的「意外」。

蘭子狐完全無法忍受自己徒兒那一臉心事重重還有不安的煩躁。

蘭子狐用力地摟著雲牡丹，纖長的手指滑過雲牡丹的髮絲，又溫柔地劃過雲牡丹的眉、眼、鼻、嘴以及耳朵，最後將臉埋在雲牡丹的頸肩上，低聲地說著——

「好啦，妳就別再想了。賀黃耆那傢伙，是自作孽。」蘭子狐悶聲說著。

「師傅，您是早就知道了嗎？」雲牡丹眼眶噙著淚，那無從發洩的錯愕變成了淚水，撞見那場面，實在是無法像平常偷窺別人閨房之事一樣的一概而論。

「不能說是早就知道，是前幾天借住在賀府，才發現的。」蘭子狐用手抹去雲牡丹的淚水，自責著不知道該怎麼解釋才好，只得如實托出。

「難怪……」雲牡丹擤了擤鼻涕，抹在蘭子狐衣襟上，恍然大悟地說著。

「難怪什麼？」

「難怪她們兩姊妹都想對水無月下手。原來……她們只是想遠離她們的父親而已。師傅，您會幫她們姊妹倆嗎？」

「幫？為什麼要幫？善事她們姊妹倆也沒做過，大戶人家故事多，每一個都要幫，那我不就忙死了。賀黃耆的妻子亡故之後，賀黃耆就沒有再娶妻納妾，賀黃耆原本是藥材商，後來卻在妻子亡故之後改賣春藥闖出名堂，妳說，這春藥做好了，賀黃耆是找誰試藥？」

「他……找他女兒。」

「沒錯！再討論下去也只是找晦氣而已，先不說這些了。牡丹啊，記得離水無月遠一點。為師可不能保證自己下次會不會真的想戳瞎水無月的雙眼，扭斷水無月的脖子。」藺子狐鬆了一口氣，終於可以結束這個話題，不然再討論下去，為了安撫他寶貝徒兒，他可能只好親自痛宰賀黃耆才能了事了。要教訓一個人類還不容易？但天理有自己的循環在，只是時候未到而已。

「遵命！師傅說的，徒兒謹記在心。」

雲牡丹紅鼻子紅眼睛的撲向藺子狐懷裡，緊緊地環抱著，而藺子狐這番話語雖然看似很兇惡，但是雲牡丹聽起來不知為何心裡卻是挺舒服的。

賀黃耆對待自己的親生女兒們心態是扭曲的，可多數人都有著這樣不健康的觀念，認為妻子、兒女都是自己家產中的一部分，甚至有些大戶人家，光是三妻四妾還不夠，還要數個通房婢女。

而賀黃耆對待水無月，並非只是丈人看女婿的心態，而是接班人，又或者是情敵。

在確定與水無家這門親事之後，黃賀耆就動起歪念頭打算……搞大自己女兒的肚子，那麼家產也不會落到外人手上。

只可惜賀茯苓早早就看穿自己父親的心思，連夜跑走，原本想離家出走，卻在都城邊界，遇見了那個人。

那個人是誰？

那個人為何會出現在都城邊界？

那個人名喚焱，是火狐，修練數百年，幻化成人形，遠從北霧國而來，要來探訪藺子狐。

火狐在靈狐一族中是最弱勢的族群，會在人世間惹是生非的，多半也是火狐，所以泰半火狐變成妖之後，就難以更進一步的修練成仙。

唯獨焱例外，焱是一隻不合群又喫素的火狐，熱衷於修行，甚至在能幻化成人之後，還一度出家當和尚。

這樣的異類，也終於讓靈狐一族注意到這隻火狐，進而提點焱可以去找藺子狐商討成仙之道。

焱深知自己不討靈狐一族族長的歡喜，但對於藺子狐也是略有耳聞。

焱知道藺子狐也是靈狐一族中的異類，是八尾狐族長的親生兒子，卻讓一名散仙強迫認了徒弟，機緣巧合之下又躲過成仙的天雷劫，至今深居在中曇國的山林裡，身邊還有個徒兒，是雲朝古國的遺族。

有人提點，焱當然是選擇即刻動身，並且決定用行腳僧方式，從北霧國走到中曇國展現誠意要去面見藺子狐……那傳說中的九尾狐。

焱跋山涉水、翻山越嶺，卻在都城的邊界遇到一名奄奄一息的少女。

焱知道自己若不出手救這名少女，這名少女恐怕就會命喪在此，可救了這名少女，或許是害了她而不是幫她。

焱在當和尚的那段時間，已經深深明白因果是怎麼一回事兒。

可是焱最後還是自毀三百年道行救了那名少女，為了給那名少女活下去的意志，還跟那名少女訂下約定，若干年後他們還是有緣，那麼再相聚。

焱沒有見著藺子狐，於是返回北霧國繼續潛心修行……而那一名少女就是賀茯苓。

賀黃耆對自己的女兒下了「須彌合歡散」。

這「須彌合歡散」，男子服下若不交歡會倒陽不舉，女子服下若不交歡則會氣血攻心吐血而亡。

賀茯苓被下了「須彌合歡散」之後逃家，逃到都城邊界已經是性命垂危。

而這時，賀茯苓見著一名相貌俊朗可眼神邪魅的男子，顧不得少女的矜持，扒光那名男子的衣服，又是咬、又是啃卻不得其交歡的要領。

但「須彌合歡散」的藥性是如此強烈，賀茯苓幾乎是本能的哀號著、渴望著……也不知道過了多久，賀茯苓聽見那個男子的嘆息還有低喃，最後迷失在交歡的快感和痛楚之下。

賀茯苓還依稀記得那時，那個男子是多麼的溫柔，輕輕咬著自己的脖子，按住自己因為慾望而不停扭動的身軀，挺進。

也不知道過了多久，到底做了幾次，那個男子的精氣源源不絕的灌注到自己體內，賀茯苓感覺到下腹有一股暖流，傳遍全身。

之後，那名男子說自己來自北霧國，遺留賀茯苓身上的氣息可以保護她，假以時日若是有緣，自然會再相見。

賀茯苓不懂，為什麼要假以時日？

又怎樣才知道他們有沒有緣再相見？

然後賀茯苓憑藉著想與那名男子再相見的決心，穿戴好衣服之後，回到家。

回到家之後，賀黃耆看見賀茯苓身上的斑斑血跡，也知道自己的女兒大概是去了半條命，便向她解釋自己是一時喝了酒，差點做了糊塗事，以後絕不會再犯，外加上賀茯苓身上隱隱約約散發出刺鼻的氣味，讓賀黃耆不喜，也讓他們父女始終保持著距離。賀茯苓則藉此稱病，終日躲在房內，形同自囚。

賀黃耆自然是不知道賀茯苓逃離家之後發生了什麼事情。更不知道修練中的火狐狐妖——焱——為了保住賀茯苓心脈，在賀茯苓身上注入了火狐之息。

火狐之息乃是火狐的元神內丹。身為火狐的焱持丹修練，假以時日就能脫離妖身得道成仙。

但凡人之軀的賀茯苓持有火狐之息，除了身上會產生火狐獨特的氣味之外，經由交歡催動妖氣之後，極有可能會產下半人半妖的火狐之子。其次，若賀茯苓沒有懷上火狐之子，沒能讓腹中那半人半妖的胎兒牽制妖氣，那元神內丹則會因想脫離賀茯苓，和焱身上的妖力相呼應而導致賀茯苓全身爆裂身亡……

焱當時看著賀茯苓氣血攻心吐血不止，為了救賀茯苓，沒能多想，經由交歡在賀茯苓體內灌注火狐之息保住心脈。

焱，不是不知道將火狐之息灌注到賀茯苓體內，此舉雖然是護住了賀茯苓的心脈，但人獸交歡後，加上火狐之息催動妖氣，賀茯苓非常有可能會生下半人半妖的火狐之子。即使焱不在意能否留下後代子嗣，但這個行為無論出自善意與否，都已經是違反天律之舉，而失去火狐之息的焱，形同自毀三百年的修行。

距離成仙之路，又倒退了一大步。

可焱不怨、不氣、不惱，如果說這是成仙必經的曲折，那麼受點挫折也不是壞事兒。焱在乎的，是被注入火狐之息保住心脈的賀茯苓能否安然的過完這輩子。但就是怕自身的妖力和妖氣在失去火狐之息之後難以控制，焱只得離賀茯苓遠遠的，以免火狐之息的妖氣為了和自身的妖力呼應而企圖掙脫出賀茯苓的身軀，導致賀茯苓全身爆裂而亡……

焱回到北霧國，專心閉關，直到靈狐一族的族長感念焱自律自重決定協助焱得道成仙，派遣小狐去通報藺子狐返回北霧國瞧瞧，希望藺子狐能幫焱順利通過成仙修行的最後考驗。

清閒的日子還沒能舒服的過上幾天，藺子狐看著自己心肝寶貝徒兒臉上表情總是那麼樣的豐富，一會兒哀傷嘆氣，一會兒愁眉苦臉，看來還是放不下賀芙蓉的事情，只好提議去山上兜轉幾圈……

都城郊外的山並不險峻，只是山上的瀑布，水花瀰漫著霧氣，感覺顯得格外寧靜。雲牡丹很喜歡山上的瀑布，尤其最喜歡泡在水裡，瀑布底下有一處水潭的水是熱的，可瀑布淋下來的水花卻是冰涼的，冷熱交替的天然池水，就算泅水戲水也不用擔心會染上風寒。

到山上玩了一天水，雲牡丹總算是恢復了平日的笑臉，回程還會開始沒大沒小的跟藺子狐央求要喫山珍海味。

當藺子狐和雲牡丹這對師徒抵達家門口時，卻發現出門前緊掩的門此時竟開了一條小縫，藺子狐和雲牡丹走了進去，看見水無月半裸露著身子倒臥在床榻上，懷裡還揣著藺子狐的衣裳，磨蹭，磨蹭。

一邊磨蹭，一邊忘情的呻吟著……水無月看見藺子狐和雲牡丹出現，非但不掩飾自己的行為，還衝到藺子狐身邊，企圖抱住藺子狐。

「你……你發什麼神經啊！幹麼衣衫不整的抱著我師父的衣裳？」

雲牡丹雖然氣惱，但是看見一個男子如此直接且赤裸的對自己師傅毛手毛腳還是第一遭。

水無月像是沒有聽見雲牡丹的詢問一樣，甚至伸出舌頭舔著藺子狐的耳朵，手忙腳亂的想乘機扒光藺子狐身上的衣物。

只見藺子狐異常鎮定，手裡不知幾時多了皮鞭跟蠟燭，推開水無月，在他身上滴了蠟油還抽幾下皮鞭。

雲牡丹瞪大眼睛看著水無月一臉很痛但是很舒爽的神情，再看自己師傅面無表情下手狠重的往水無月身上招呼去，水無月身上的鞭痕，雖不到皮開肉綻，但也發紅瘀紫……

「師傅！您別打了，再打下去，他會死掉啊！」

「這種人死不足惜。」

「那……也別讓這種人弄髒了師傅的手啊！」

雲牡丹制止了藺子狐抽打的動作，可水無月像是蟲子一樣蠕動著爬到藺子狐腳邊磨蹭著……

「他中了意亂情迷，我毆打他若把他打死也算是他福氣大，解脫了！」

「意亂情迷？」

「那是北霧國的一種草藥，中毒者會出現幻覺，不知疼痛。輕微中毒者只需要大量灌水就能恢復神智，可這個水無月，恐怕是在意亂情迷的草堆裡滾過一圈了。早些年，北霧國的人民恐懼山上的野獸襲擊，所以種植這種草藥，想杜絕騷擾，只是成效不彰，種植的過程就不少人因為中毒而險些釀害，最後這種草藥也被廢棄種植了。」

「可師傅，這兒是中曇國，哪來的意亂情迷這種草藥？」

「我到處都種了。前些時候我不是說過要回北霧國一趟，怕不在家的這段期間會有野獸誤闖，所以栽種了一些……」

「師傅！那這沒有解藥嗎？您看他不知疼痛，完全沈浸在幻覺裡，然後又對您做不雅的舉動……」

「所以我才要鞭打他，看他會不會清醒。」

「師傅啊，您看他一臉又痛又爽，實在是讓徒兒覺得不太舒服又有礙觀瞻呢！」

藺子狐實在不忍心告訴雲牡丹，他若現在失手把水無月打死，水無月恐怕還要從墳墓裡頭爬起來感謝他。

意亂情迷不但會麻痺知覺，產生幻覺之際同時伴隨著像被萬蟲叮咬過的難受。鞭打他就是要讓他降低痛楚，以痛制痛是降低疼痛的唯一辦法。

像是要呼應蘭子狐心中所想一樣，水無月突然放開蘭子狐的腳，抱著頭在地上哀號、翻滾。

「牡丹，妳出去一下。」

待雲牡丹一出去，蘭子狐從衣袖中射出幾丈白綾將水無月四肢綑綁起來掛在半空中，然後又用白綾捲起雲牡丹平日刷鍋碗瓢盆的棕刷沾著鹽巴水，往水無月的身上招呼去。

蘭子狐下手是絕對不會手軟的，只是不想讓自己心肝寶貝徒兒看見男人的身體傷了眼睛，為求立即見效，蘭子狐更是不放輕手上的力道。

只見水無月身上除了鞭痕，還多了許許多多擦傷的傷口，而鹽巴水則讓水無月從痠麻刺痛當中回過神來……

「我怎麼在這兒！」

水無月看著自己全身近乎赤裸，還大字形攤在一臉面無表情的蘭子狐面前，羞愧外加錯愕讓水無月想一頭撞死。

但意亂情迷的藥性哪有這麼容易褪去，水無月只不過是短暫清醒了數秒，又露出矇矓渙散的神態對著藺子狐喫喫笑。

藺子狐不想讓雲牡丹看見這一幕，看見水無月為了滿足自己妄想而做出失控的舉動，著實是有礙觀瞻啊！

更何況，從水無月的反應來看，不難想像水無月恐怕意淫自己也有段時間了，否則表現不會如此激烈。如今他的種種行徑都只是在反映他平日的妄想而已。

想到這兒，藺子狐打了一個哆嗦。

原先一直以為水無月是對雲牡丹有意思，才會私下帶走雲牡丹又企圖讓雲牡丹想起雲朝古國的過往，可眼下，藺子狐轉了一個念頭才知道水無月不過就是想藉由雲牡丹來接近自己。

不管是在當狐妖還是做了狐仙，被人崇拜他是習以為常，但是被人這麼意淫著還真讓藺子狐感到不爽。

藺子狐愈想愈氣，下手是愈來愈狠。

綁在水無月身上的白綾都染上了紅，最後水無月痛到暈死過去，藺子狐才用白綾包覆水無月的身軀，像是吊到樹梢上的蟲蛹一樣，密密實實地捆了起來。

「牡丹，進來吧！」

「師傅，水無月不發癲了吧？」

「他暫時痛暈了過去。」

「那接下來該怎麼辦才好？總不能一直這樣吧！他也要喫喝拉撒，還是說他一清醒就會……企圖非禮您。」

「甭管他了！正常人就算餓個三、五天也死不了，妳去拿巴豆來，就讓他拉到虛脫無力，我看他怎麼非禮我。」

藺子狐本想著得道成仙之後，雖沒約定俗成，但也應該和其他仙人一樣與人為善，慈眉善目地為人們的福祉著想。可是，他的與人為善並不適用在任何人身上，而他的慈眉善目好親近，獨獨只對雲牡丹一個人。

藺子狐這時還搞不清楚自己的心思。

而雲牡丹也搞不清楚自己師傅為何發了如此大的脾氣？

雲牡丹看著被吊在半空之中的水無月，實在是同情不起來。

水無月時而清醒，時而昏迷，但清醒的時候總不發一語，昏迷的時候又發出詭異的呻吟聲，就這樣拖上數日，突然有訪客尋上門……

雲牡丹看著眼前這個陌生男子。

而這個男子也看著雲牡丹。

「妳，還沒覺醒？藺子狐也真是有心了。」

「你是誰？」

「我是焱，藺子狐用十二道狐毛針催促著我來，所以我帶著意亂情迷的解藥，從北霧國趕過來。他人呢？」

「師傅不在家，你就在這裡等著吧！」

雲牡丹清楚的感覺到來自焱身上的妖氣。

雲牡丹聽師傅說過；從狐妖幻化成人形，只要潛心修練，脫離妖軀得道成仙也是指日可待的事情。

但眼前的焱，身上除了妖氣之外，雲牡丹還感覺到了什麼，說不上來的壓迫感……

藺子狐早早就感應到了焱的到來，從都城趕回山上也不過就是片刻的時間。藺子狐望著全身散發妖氣的焱，著實錯愕。

這可是走火入魔之兆，難道焱捨棄得道成仙了嗎？

「子狐兄，別來無恙？」

「焱，你……」

「我不礙事，你要的東西我帶來了。」

「還說你不礙事，為什麼自毀三百年的修行？沒有持丹修練，你不怕走火入魔嗎？你的元神內丹火狐之息呢？」

「這，說來話長……」

焱對藺子狐也不打算隱瞞，重點是也隱瞞不了，因為每隻修練中的狐妖都擁有自己的元神內丹，而焱原本持有的，是火狐之息。當時遇見賀茯苓，為了保住她的心脈，焱沒想太多，就將火狐之息注入賀茯苓身上。

凡事都講一個「緣」字，焱笑著對藺子狐說，倘若今日是雲牡丹遭遇到和賀茯苓同樣的情況，他相信藺子狐也會自毀仙道，將九尾狐之息灌注到雲牡丹身上，續命。

藺子狐嘆氣著。

這個世道，變了。

妖獸尚知生命的可貴，但人類卻毫不珍惜自己的生命。

藺子狐對焱說著賀茯苓的近況，以及水無月遭到賀芙蓉逼迫的事情，同時也不免提到，雲牡丹撞見賀黃耆對著賀芙蓉亂倫的事情。

言談間，焱感覺到藺子狐內心的不平靜，更憂慮著雲牡丹的身分……雲朝啊！那個培育出殺人如麻的戰神之後，為何還能如此保持純潔？

「您覺得我做錯了嗎？子狐兄。」

「焱，火狐一族盼了許久，才出現你這麼一個能夠讓火狐一族驕傲的狐妖，雖然你出發點是善意，可是沒了火狐之息的元神內丹，你想修練脫離妖之身可是困難重重啊，更別說是得道成仙了！」

「子狐兄，我都願意自毀三百年的修行去救一個人，救人一命勝造七級浮屠，難道佛祖不會原諒我嗎？」

「焱，這和佛祖無關。你的出發點是好意，但是你可曾想過，賀茯苓和你交歡過後因為火狐之息催動妖氣而生下……擁有火狐血統的孩子，那半人半妖的孩子世間能容嗎？如果你真為了賀茯苓著想，你當初應該帶走她，可是你沒有。因為你知道自毀三百年修行後，你需要花時間壓抑妖氣，否則你身上的妖力跟賀茯苓體內火狐之息元神內丹的妖氣互相呼應，只會讓賀茯苓生不如死，更甚全身爆裂而亡。是吧！」

「沒錯！」

「再告訴你一件事情，如果雲牡丹發生同樣的情況，我不會用九尾狐之息幫她續命，因為我知道那是生不如死的事情。我寧願捨棄仙道，自願入魔，殺了她然後下地獄。也不要讓她苟活，卻生不如死。」

「子狐兄，我……」

「我知道當時的情況你無法細想這箇中的利害關係，可追根究柢火狐之息終究不是凡人能夠擁有的元神內丹，你好好想一想該怎麼處理吧！」

藺子狐看著這個火狐資優生難得糊塗，也不想再多說下去。

畢竟錯誤已經造成，時間不會重來，現在該想的，是怎樣面對問題，收拾善後……

人非聖賢，孰能無過？狐雖有情，但天地難容啊！

這句話，藺子狐想在心底，沒說出口，同時也在告誡著自己，不要犯了相同的錯誤。不管是火狐之息又或者是九尾狐之息，那不屬於人的元神內丹若放到人身上，最糟糕的下場是那個人會全身爆裂而亡。

藺子狐想著，自己對焱說得如此理智決斷，但真有這一天自己做得到嗎？親手刃殺自己一手拉拔長大的雲牡丹？若真有這一天，自己真的下得了手嗎？自己不會千方百計想盡辦法嗎？

藺子狐苦笑著，萬一雲牡丹真有危險，自己應該會不顧一切的救她吧！

「師傅……那個人說的都是真的嗎？」

「那個人？妳說焱嗎？」

「是真的。」

藺子狐任由雲牡丹在他身上蹭著。

藺子狐知道眼下，確實也沒有辦法阻止雲牡丹身上屬於雲朝的詛咒之血覺醒的可能。

但他知道如果雲朝詛咒之血真有覺醒的那一天，他會盡全力的保護她，不讓她受到傷害。

藺子狐在雲牡丹身上插滿了狐尾針，每隔十天就會自動幫雲牡丹放血。

也因為如此，雲牡丹才能保持著少女的姿態，活下去。

要抑制人類的成長有很多辦法，也不是每個人都能順利長大成人。

最起碼這一刻，藺子狐希望雲牡丹永遠不要長大，還是那個會啾手指的胖娃娃。

藺子狐想過最壞的打算，了不起就是自毀仙道，用九尾狐之息幫雲牡丹續命。

但是一旦雲牡丹覺醒之後，會瘋狂和男子交歡，而她可能會生下雲朝的戰神，屆時，人間又會經歷怎樣的浩劫？雲朝為什麼會被滅絕？那真的就是要問老天了……

相傳那是上古時期的事情。

在這片中土大陸的土地上，雲朝一族獲得上天的首肯，平定紛亂。

雲朝一族的人獲得長壽和永生的秘訣，卻也相對的殘忍。

平定紛亂之後，天下無戰事，可雲朝一族血液裡渴望戰鬥的慾望沒有停止，於是雲朝一族的人變得嗜血又殘暴。

自相殘殺的結果，雲朝一族滅亡了。

這片中土大陸分裂成現在的五國，由五大古老姓氏的貴族輔佐立國。

可雲朝古國留下一名公主，那名公主不知何時懷孕了，這一懷就懷了上百年，最後生下雲牡丹。

雲牡丹雖然不像過去雲朝的人如此好鬥嗜血，但雲牡丹很有可能會生下被世人認為是妖孽轉世的戰神。

雲朝為了殺戮而生，也因殺戮而亡。

藺子狐知道，所以更加覺得他那個散仙師傅根本是找麻煩給他扛。

但雲牡丹何其無辜。

敢問這世間，誰又能選擇自己的父母？

所以藺子狐帶著雲牡丹隱居，每日過得舒適恬淡，為的就是要讓雲牡丹一直保持內心的平靜。

此外，藺子狐更是讓雲牡丹早早就明白男女之間的歡愛是怎麼一回事兒，原因是藺子狐認為與其隱瞞，不如讓雲牡丹早一點看透歡愛這一回事。而男女之間的那些事情，不過就是七情六慾之下的基本民生需求，看透了就不會庸人自擾，看透了就知道情和愛不過是生命當中的一小部分而非全部。只是這一小部分卻時常讓人們衍生出像是結婚生子、相夫教子，貧賤夫妻百事哀……這之類的現實負擔。

「師傅，您想什麼想得這麼出神？既然焱已經帶來解藥，您為什麼不幫水無月解毒呢？」

「要解、當然要解！不然他整天想對為師不規矩，這怎麼得了？只是為師有更好的想法。」

「師傅，您快點說嘛！」

「過幾天妳就知道了！」蘭子狐露出狐狸般燦爛又魅惑人心的微笑。

雲牡丹不自覺地抖了一下。

她想著，師傅的笑容是多麼的迷人，但是這個笑容的背後，恐怕是有人要遭殃了……

蘭子狐想藉機修理誰？

嚴格說來蘭子狐想藉機整治的人實在是太多了，就在雲牡丹扳著手指細數著最佳受害者的同時，小六哥倉皇地逃回都城，到春滿樓找小翠求救。

哪個小六哥？

還不是之前在陳老爺家中當長工那個小六哥。

那個放一場大火詐死的小六哥。

人死是不能復生的，這詐死的事情傳出去，小六哥恐怕還得喫上官司，被關在衙府大牢喫牢飯呢！

按照中曇國的律法，身為僕役者，私自逃離，罰金白銀百兩，外加五十大板。而縱火行兇則是死罪，依照死的人數多寡決定，陳老爺家中出現三具遺骸，所以小六哥會被斬成三段……刑罰這麼重，為何小六哥還是不顧一切逃回都城到春滿樓找小翠求救呢？

原因還是出在女人。

那一日，為了將來，所以小六哥去都城郊外掘墳挖出三具遺骸，說到這兒，盜墓者，在中曇國也是死罪，打擾亡者安息，是會受到千刀萬剮之刑。

扯遠了，拉回來。

那時小六哥以為自己帶著喜兒和穗兒遠走高飛，往後可以過著快樂的下半輩子，豈知，這三人行，就是紛爭的開始。

一開始的時候喜兒和穗兒確實是情同姊妹，就連床笫之事也務求小六哥要公平。但是每一日早晚兩次分別和喜兒還有穗兒交歡著實喫力，外加工作也還沒有著落，衣食住行早晚會成問題，可喜兒和穗兒哪有喫過什麼苦，自幼就被家人賣去春滿樓喫好、用好，就算是之前送給陳老爺，也不曾感受到什麼是生活困苦。

從陳老爺家中捲款的錢，竟然不消一個月就花得差不多了，小六哥原本還想著用那些錢財做點小生意維持生活，沒想到本錢就這麼被喜兒還有穗兒因為爭寵拚命砸錢妝點身上的行頭，那麼多的銀兩就這樣花光了，連個碎銀渣……都沒留。

錢沒了，喫成了問題，住也成了問題，喫住都成了問題，更別說喜兒和穗兒起內鬨，大吵小吵不斷，拳打腳踢也是有的。

小六哥夾在中間，時常受波及。

兩個女人要和平的共用一個老公，果然還是神話。

要做到公平根本是不可能的事情。

小六哥想到了小翠。

也不知道是不是舊愛還是最美？

看著喜兒和穗兒的嘴臉，小六哥懷念起了小翠。

雖然小六哥也知道自己和小翠之間或許是有性無愛，可小翠不會指著他鼻頭罵他沒用，小翠不會嫌棄他房事辦事效率不好，小翠不會像死魚一樣躺在床上等著爽，小翠不會粗魯地把他當下人一樣使喚……

愈想，小六哥就愈懷念小翠。於是小六哥打聽了幾天關於都城的馬路消息，都沒聽說陳家老爺有什麼狀況，衙府也沒懷疑這是一起人為的事件。

摸了一個月黑風高的夜，小六哥逃走了。

逃離喜兒和穗兒那兩個母夜叉，他一路狂奔直往都城。

來到春滿樓的時候已經是天色微亮。

小六哥蹲在牆角邊學貓叫，像過去一樣的扯著嗓子，喵嗚喵嗚喵、喵嗚嗚嗚喵……這樣的叫著。這是他跟小翠的暗號，小六哥期望小翠還記得這個暗號，小六哥不求別的，就算讓他隱姓埋名在春滿樓當龜公他都願意，但是又怕喜兒和穗兒找上門。

「小六哥？你不是死了嗎？」

「小翠，我的心肝寶貝小翠翠，快救救我啊！我錯了！錯得離譜，我一時糊塗，妳一定要救我啊！」

小六哥見著小翠，眼淚就這麼毫不掩飾地噴了出來，這些日子以來的委屈還有難受，都在見著小翠的時候，崩潰了。

小翠怕有人發現，趕緊把小六哥拉到屋內，聽著小六哥說著來龍去脈……

小翠見小六哥也不知道餓了多久，雙頰凹陷，腳上的草鞋也早就磨破，於心不忍便去廚房找了些乾糧，又取了一套乾淨的衣服，要小六哥喫飽後趕緊梳洗。

小翠看著小六哥狼吞虎嚥地喫著乾糧，說不心疼都是假的。

也算是逢場作戲過一場，要不是因為自己，小六哥又怎會遇到喜兒跟穗兒？若不是因為自己，按照小六哥老實的個性，現在應該還是安分守己的待在陳府每天挑水、劈柴。

「小六哥，你要我怎麼幫你？」

「小翠，我想待在妳身邊做牛做馬。」

「不行！這萬萬不可！春滿樓往來的客人多，人多嘴雜，你這詐死逃走的事情若傳出去，只有死罪一條。」

「可是我怕啊！我現在寧願被官府抓走，也不想再見著喜兒跟穗兒了。」

「小六哥，堅強點！你是男人，要有擔當，逃避也不是辦法，更何況命只有一條。既然你都選擇逃離都城，最起碼也得給喜兒還有穗兒一個交代，不然兩個女孩子，沒了男人她們是該怎麼辦？」

「小翠啊，不是我不替她們著想，可是她們真的好可怕啊！她們需索無度，花錢如流水，這些我都可以忍耐，但她們喫不了苦，又不肯讓我出外找工作，說是怕我去找女人，但是成天就是幹那檔事兒，我就算是鐵打的身體，也禁不起、受不了啊！」

小翠嘆了幾口氣。

這該怎麼辦呢？

小六哥畢竟太單純，見過的女人也少，自然是不清楚女人爭寵的手段。

而喜兒和穗兒是從春滿樓出去的，自然也沒有接回來的道理。

但是小六哥若賴在春滿樓，早晚東窗事發，這可是會連累春滿樓上上下下百個人的命運，這也是不能開玩笑的事情。

「小六哥，這兒有五十萬兩銀子的銀票，你收著。你現在就走！趕回去，跟喜兒和穗兒說，你們的行蹤已經被發現，你們得逃走。」

「為什麼要這麼說？」

「你就說她們花錢的方式引起別人注意，所以四處打聽。結果有人認出你來，所以你們得趕緊逃走，記得逃得愈遠愈好。你把銀票收好，身上就放三百兩碎銀，如果她們不肯逃，你就一人給一百兩銀子，自己逃走。往北走，北邊的北霧國長年有商旅往來，肯定不會盤查，懂嗎？」

「那如果她們肯跟著我走呢？」

「那你就到了北霧國找個牙婆，讓她們去大戶人家裡喫喫苦。」

「這樣會不會……太狠了些？」

「狠？小六哥，我看你真的是糊塗了。我當初也是請牙婆幫忙才能進入陳府的，你若真想要跟喜兒和穗兒白頭偕老，趁現在讓她們認清事實也好。若她們不願意跟著你，到大戶人家裡頭去的時候她們自然會有動作，你把你自己管好就行了。」

「小翠……」

「走吧，再不走等早上街上人多了你也走不了。」

「小翠，這五十萬兩我小六哥以後一定會加倍奉還。」

「現在還說這個做什麼？走吧！」

小六哥看了看小翠，心底突然覺得自己當初果然真的沒愛錯人。

小翠是那麼樣的明理，那麼樣的為自己著想，自己怎麼會瞎了眼搞上喜兒還有穗兒……唉。現在說後悔有什麼用？說後悔也不能改變現狀啊！

只是小翠的一番好意，恐怕注定是要被辜負了。

就在小六哥連夜逃離的同時，喜兒和穗兒就大吵一場，但是愈吵愈心寒。沒有銀兩支撐的愛情，是無法長久的。

喜兒和穗兒在吵過之後彼此有了認知，與其為了一個前途渺茫的小六哥爭風喫醋，不如兩人合作為了將來打算。

天曉得小六哥還會不會回來和她們相聚？她們怎能知道小六哥最後會不會拋棄她們，又或者把她們賣掉？女子當自強。

有了共識之後，喜兒和穗兒立馬喬裝成大戶人家的落難千金，賤賣首飾換成現銀，僱了一輛馬車，頭也不回的趕往北霧國追尋她們的將來。

想那時藺若蘭抱著看好戲的心態，鎖定小六哥逃離的路線尾隨著，想看看他們三人到底行不行？但只見喜兒和穗兒從大打出手到密謀捲款逃離也不過是幾天的事情，女人心，還真像落入海底的針，難以捉摸啊！少年郎的情懷最後落得如此下場，還真是辛苦小六哥了。

藺若蘭抓了抓頭，這和預期中，差得有點遠呢！本想小翠會心生同情小六哥，藉由小六哥來訴苦的這個契機，跟著小六哥走。好讓他那個狐仙徒弟緊張一下，神仙在人間也不能隨意用法術主導人的命運，最多只能從旁略略指點一二。更何況，藺若蘭早就算出小六哥日後會大富大貴呢！只是小翠寧願待在春滿樓也不願帶著錢財跟小六哥遠走高飛，這才讓藺若蘭摸不著頭緒啊！

藺若蘭看這廂沒戲唱了，心血來潮，靈機一動掐指算了又算，算到自己那個狐仙徒兒那兒有好戲可以看，趕緊飛過去免得錯過精彩好戲……

第五章　少女情懷誰相思

中曇國都城郊外的山野林間。

焱正在熬煮「意亂情迷」的解藥——「至死方休」。

解藥是這種名字，其原因是……至死方休這味草藥雖然能夠解開意亂情迷的藥性，可尋常人寧願死，也不願意用。

只因為至死方休得熬上七天七夜，中毒者也得泡在至死方休的藥湯裡七天七夜，之後雖然痊癒，可身上永遠都會有個令常人難以忍受的氣味，直到孤獨死去。

可水無月沒得選擇，誰叫他意淫的對象是藺子狐呢！

藺子狐可不是一個喫素的狐仙，他的本性就是有仇必報的狐狸。

水無月也算是徹底惹毛了藺子狐，才會有這個下場，怨不了誰。

而就在焱熬至死方休的同時，藺子狐帶著雲牡丹潛入賀府。

藺子狐在賀府四處都撒了意亂情迷，誰會中獎不知道，不過想到這就覺得刺激。隨著藺子狐潛入賀府的雲牡丹則是藉機跑到賀茯苓的臥房內……

「鬼啊！見鬼啦！」

「噓！小聲點，誰說我是鬼了？妳有見過像我這麼活潑俏麗可愛又溫柔體貼的鬼嗎？」

「我……我不知道。」

「那就對啦！所以我不是鬼，最起碼我見過的孤魂野鬼可沒有我這樣的好模樣。」

「賊啊！抓賊啊！」

「吵死了！安靜點，誰說我是賊了？妳有看過像我這麼性情溫順的賊嗎？妳家又不值幾個破錢，真要偷我還真不知道能偷什麼，妳家還真沒有東西能入我的眼。」

「那妳想對我做什麼？」

「問得好！我要帶妳走。」

「帶我走？妳有病嗎？」

「我？我沒病啊，好喫好睡怎麼會生病？妳不是很想再見到焱嗎？妳不是不惜要對水無月霸王硬上弓、生米煮成熟飯想逃走嗎？我現在就成全妳，要帶妳走啊！」

「妳……妳怎麼知道？」

「我怎麼知道的不重要，現在妳到底要不要跟我走！」

「我為什麼要相信妳？」

「沒有人要妳相信我啊，信不信本來就是妳自己的問題。妳怎麼可以把妳自己的問題拿出來問我呢？不過我可以告訴妳，焱現在確實是在我家做客，因為水無月中毒了，我師傅請焱從北霧國帶解藥來。如果妳還想見到妳朝思暮想的人，最好現在就跟我走，逾時不候喔！」

「好！我相信妳，我跟妳走！」

賀茯苓咬著下唇，蒼白的臉龐現在染上一絲興奮的紅暈。

雲牡丹帶著賀茯苓躡手躡腳的離開賀府，這可不是雲牡丹真的體貼過人，還是真心希望見著有情人終成眷屬，而是她被藺子狐調教得太好了，是心底那個愛看好戲的心態像貓抓癢一樣的在作祟。

和賀茯苓有關的兩個男人都在她家做客，賀茯苓到底會選擇誰呢？這當事人不到場，好戲又怎能開鑼？

藺子狐看著心肝寶貝徒兒的舉動，露出一抹了然的微笑。

真不愧是自己的愛徒啊！

連思考邏輯都是如此的相似。

藺子狐看著賀府，想著過幾天賀府會有的情景，那抹燦爛的微笑恐怕是連天上的仙女也會暈醉……

賀茯苓帶著忐忑的心情隨著雲牡丹的腳步來到都城郊外的山野林間，那朝思暮想的身影就在咫尺，可賀茯苓不敢再往前踏進，就怕這是一場夢，一旦靠近，夢就醒了。

雲牡丹也識趣的不去催促賀茯苓，在這麼關鍵性的時刻，雲牡丹想著的是……待會他們會不會來場離別重逢的轟轟烈烈？

如果真的是這樣，是不是應該先準備好圖紙跟畫筆？

不知道狐妖到底是怎樣跟人類女子交歡？

想著想著雲牡丹就流鼻血了。

因為雲牡丹不小心地想到自己跟師傅，有沒有可能……也許可以……這個那個……

就在雲牡丹胡思亂想的時候，小六哥帶著愧疚感趕了回去，但是一推開昔日愛巢的房門，喜兒和穗兒早就不知所蹤。

小六哥呆呆的望著過去這些日子的住所，眼眶紅了。

小六哥真真切切的感覺到自己心底好像有什麼東西被挖空了。

這不是心碎，而是心痛，這段時間砸了不少錢佈置的愛巢，現在人去樓空也就算了，值錢的東西被搬空也無所謂，但喜兒和穗兒走了，那他呢？

就算是要分開，好歹也說一聲嘛！

就這樣說走就走，實在是很沒義氣啊！

小六哥紅著眼，又用手摸了摸揣在懷裡的銀票，沒關係！女人跑了就跑了，有錢還怕沒女人嗎？只是現在自己還要留在這裡嗎？那多觸景傷情啊！

小六哥那如三千細縷的心思百轉千繞。

咬著牙在屋內晃了一圈，喜兒和穗兒還搬得真乾淨，就連幾天前他新買的草鞋也不放過……

這樣的愛情實在是太現實，太薄情，太難以承受。

而同時間，都城郊外山野林間的小屋裡，焱感受到一道熱烈注視的目光。轉過頭去，那個女孩兒，就在眼前……感覺是那麼的近，又那麼的遠。

有些事情就是很難用言語形容。

一如感覺。

一如前世今生。

一如緣分。

就像當年他為什麼願意自毀三百年的道行，用火狐之息換取一個渺茫的可能。

嚴格說來那得追溯到焱曾出家當和尚的事情了，那個女子是相爺之女，焱那時的法名叫慧觀。

因為是狐妖修練成人形，焱捨去過往採陰補陽的方法，轉而去寺廟出家，用最緩慢的方式平定妖氣。

而那是幾輩子之前的事情了。

人類的壽命是如此的短暫，猶如曇花。

當年的慧觀，遇見了注定薄命的相爺之女。

那時，那位相爺之女為了入宮選秀而到寺廟裡求神拜佛。

這是女眷們普遍都會做的事情，而慧觀看著那一波又一波的人潮當中感受不到人對於神佛的虔誠，只感受到需求。

可那位相爺之女卻求了一句國泰民安之後，便離去。

那一眼，瞬間。

後來慧觀聽說那位相爺之女順利入選，又過個幾年當上了皇后，然後在芳齡不到二十歲時，離奇死亡。

什麼是離奇死亡？

死亡就是死亡，何來離奇之說？

慧觀隨著僧侶團去了一趟皇宮，要替皇后超渡，然後慧觀看見那一縷魂魄，一如當年在寺廟祈福一樣，從他面前從容的飄過去，隨著陰差踏入輪迴，彷彿對這塵世一點留戀也沒有……

就因為這麼一點的好奇，寺廟住持說慧觀動了凡心，不能繼續留在寺廟了。

於是慧觀就成了行腳和尚，遊走四方。

又過了幾十年，慧觀的師傅說：「雖然明知你是狐妖我還是讓你剃度出家，既然你有佛緣就更應該保持下去，知道慧觀的出家眾不少，更何況你還曾進過皇宮，登記過僧侶名冊。詐死吧！人是不可能長命百歲的。詐死之後回到山上去潛心修練，相信佛祖會庇佑你早日脫離妖身的。」

於是慧觀死了。

然後焱遵從師傅的教誨又回到山上，繼續潛心修行。

而當過和尚的這段過往，也讓焱在狐妖當中，搏了些名氣。直到遇見了她。

焱一眼就認出來那個倒臥在地上的女子，是當年的相爺之女，一樣的短命相。

似乎生死對這樣的人而言，只是一個必經的過程，沒有特別的意義，又或者就是因為想不出意義，才會不斷的輪迴？

狐妖也是六道三界的眾生之一，若無修練成仙，那麼早晚也會進入輪迴。然而對於輪迴的本身，焱也在思考。

如果今天脫離妖身得道成仙，這真的是自己想要的嗎？

還是說自己跟那位緣分很短的和尚師傅說的一樣，動了凡心，所以才對這一切感到那麼樣的不確定？

結果是什麼已經不重要，那時焱自毀三百年道行，和那個女子交歡了，並且用火狐之息替那個女子護住心脈保命。

這是逆天的舉動，事後焱也一直在等著天罰……

是老天爺忘記要執行天罰了嗎？還是老天爺也想看看事情最後變得怎麼樣？焱不知道，但是焱希望，那個女子一切安好，才不枉他自毀三百年的道行。

一別數年，今日再見。

感覺有些空洞。

如果說自己介入過別人生命的軌跡該有些什麼感觸？

那為什麼現在只能感受到那個女子的注視，自己卻毫無感覺？

而賀茯苓看著焱，看著那個她朝思暮想的人和自己想像中有些出入，這個男子比自己記憶中還要飄逸、還要俊美……身材也比記憶中更挺拔了些，只是為什麼眼神是那麼樣的冰冷？那麼樣的有距離？

賀茯苓踟躕著該不該走向前去？還是現在要轉身逃跑？又或者是衝過去緊緊抱住他？

在這微妙氣氛產生不出任何激情火花的同時，雲牡丹有些著急。
怎麼事情的發展和她預想中的不同？
怎麼沒有乾柴遇到烈火那樣的燃起？
怎麼這兩個相見卻不說話？
怎麼……是搞錯了嗎？
雲牡丹還以為只要將人帶到焱面前就能有好戲看，但這傢伙比自己師傅還要淡定，那雙眼瞇著，感覺像是老花眼而不是色迷迷。
「既然妳回來了，那解藥我已經熬好了，隨時可以讓人泡到藥湯裡去。」
「那就泡吧！」
「不考慮一下嗎？這泡下去，至死方休的氣味兒可是……」
「沒什麼好可是的，讓他清醒點，不然他成天活在幻想裡，一直想對我師傅不規矩也不是辦法，讓他孤獨總比被我師傅打死還要好吧！」
「也是，再怎麼說也是人命一條。」
焱彈了個手指，水無月瞬間從半空之中轉移到藥湯裡。那濃稠的藥湯、刺鼻的氣味兒，讓水無月從昏沈當中醒了過來。
「好臭啊！」

「聞久了你就會習慣了。」

「我怎麼會在這裡？」

「你問我我問誰，我還想問你呢！」

「啊？賀家大小姐？」

水無月看見賀茯苓出現有些喫驚，露出疑惑的表情望著雲牡丹，但雲牡丹心不在焉的，還拿著枯枝攪拌著藥湯。

「水無月，你以後可怨不得我跟我師傅，我們這麼做都是為你好。知道嗎？人活得孤獨一點也不算壞事，雖然也不是好事，但是我想過了，如果改天你想討一房媳婦，我可以拜託我師傅讓對方失去嗅覺，那你也不孤獨啦！」

「牡丹啊，妳在說什麼？為什麼我在這裡？為什麼賀家大小姐會在這裡？還有那個男人是誰啊？」

水無月聽著雲牡丹叨叨唸唸的卻聽不出一個所以然。

什麼不要怨他們？什麼討媳婦？什麼失去嗅覺？為什麼自己必須孤獨？還有自己本來不是在雲朝古國的祭壇遺跡裡嗎？怎麼現在人會在這裡？還有全身痠痛是怎麼回事兒？

「你都不知道你做了些什麼嗎？」

「願聞其詳。」

「幾天前你突然出現，然後……」

雲牡丹是一個毫無心眼的女孩兒，自然也不知道說話要保留一點分寸。

雲牡丹把那一晚的事情一五一十地全托出，只見水無月的臉刷白又發青，再怎麼搞不清楚狀況，也知道自己失態、失儀、丟臉丟到家了，更別說自己對藺子狐懷有些心思，現在連這一點自己也不確定的心思都被坐實了，還能說什麼？

眼下，焱似乎沒有想要和賀茯苓敘敘舊、聯絡聯絡情感，或者是來場激烈的肢體交流的樣子。

雲牡丹看著賀茯苓失魂落魄的模樣，這時也不知道該拿什麼話去安慰賀茯苓比較好？還是什麼都不說會比較不尷尬？

這時，雲牡丹同時想到，自己跟自己的師傅，感情算好嗎？會有結果嗎？還是自己最後會落得跟賀茯苓一樣的處境？

想到這兒，雲牡丹頓時同情起賀茯苓。

要說是同樣身為女性同胞所以格外有感觸嗎？

抑或者是想到自己很有可能會有同樣下場而感到揪心？

缺少同伴的雲牡丹，不知道該怎麼做比較好，只好拉著賀茯苓離開，離開那有些疏離又尷尬且相見不歡的場面……

「我在他眼裡，是如此的不堪嗎？」賀茯苓咬著嘴唇，語氣顫抖地問著雲牡丹。

「欸，也許焱只是比較慢熟而已。」雲牡丹看著快要哭出來的賀茯苓，絞盡腦汁想說點安慰的話，但又怕一個沒說好更惹得賀茯苓傷心難過……

「我連他叫什麼名字都不知道，身子就給了他，他要我等他，可是我想他連我是誰也許都不清楚。」賀茯苓低垂螓首，拚了命忍著不讓眼淚奪眶而出。

「怎麼會！他可能只是害羞而已。」雲牡丹急急忙忙的胡謅著臨時想到的藉口。因為除了害羞之外，她也想不到更好的理由了。

「為什麼男人都如此薄情寡義？是因為太好得到所以不珍惜嗎？我這樣苦苦守著，卻得到什麼？他連問候我一句都沒有……」賀茯苓愈想愈糾結，眼淚撲簌簌奪出眼眶，手指攪得衣角都皺了，指甲也在手掌中留下指痕。

「這話不能這麼說，或許他只是沒有心理建設會在這個時候見到妳。更何況他還把他最珍貴的……都給了妳。」雲牡丹看著痛哭失聲的賀茯苓，急忙的把自己知道的內幕脫口而出。

「他給了我什麼？一場春夢了無痕？」

「欸？妳這樣問我，害我也不知道該怎麼接話了。妳先冷靜一下，要傷心難過也不是現在嘛！這個再重逢應該要更溫馨一點的，不是嗎？妳知道他是誰嗎？妳有心理準備要接受他嗎？搞不好他更怕妳翻臉不認人也說不定。」雲牡丹試探地問著。

「他是誰？我只知道他來自北霧國。」

「他確實是來自北霧國，妳真想知道他的身分嗎？知道之後可不許大驚小怪喔！」

「妳說吧，現在還有什麼事情能讓我大驚小怪？如果有的話，或許我還會感激妳呢！」

「話別說太滿……焱，他是一隻火狐。沒錯！不要懷疑，就是妳所知道的，他是一隻修練成人形的火狐狸。」雲牡丹說完話後，不忘瞅著賀茯苓看，眼看賀茯苓止住淚水，這才鬆了一口氣。

「他是狐妖？」賀茯苓沒有想到焱竟然是……狐妖。這會兒眼淚是停了，但是整個人也愣住了。

「說他是狐妖也未免太不敬重了些，不過他距離得道成仙確實是還有段距離，因為是他救了妳、和妳交歡過後，他給了妳比生命還要重要的火狐之息，自毀三百年的修行，都是為了妳。」雲牡丹看著賀茯苓傻在那兒，也不知道有沒有把話都聽進去？看來道出焱是狐妖的這個事實，還是給了賀茯苓一個震撼。

都是為了妳。

這句話起了一點作用。

說來人本來就是自私的生物。為了誰？若沒好處，誰又肯替誰犧牲呢？

雲牡丹不懂得這其中的利害，純粹只是想安撫賀茯苓，卻誤打誤撞地說了討賀茯苓歡心的話語。

「焱雖然是火狐，但他可是曠世奇才啊！他出家過，這在狐妖裡頭是很罕見的。他為什麼要救妳，這妳可要自己找機會問他，我只是想讓妳知道，他也許顧忌自己的身分，所以不想跟妳多親近，畢竟他現在身上還是帶有妖氣……」

「我不怕！」

「對嘛、這樣才對嘛，沒什麼好怕的啊！誰都有追求真愛的權力嘛，只是妳是人他是妖，妳看，他多為妳著想。換作是別人，或者是別種妖獸，早就把妳生吞活剝喫乾抹淨了，不是嗎？」

「沒錯，而且他救過我。」

「對啊，嚴格說來他可是妳的救命恩人呢，要不是他在妳身上移植了火狐之息，使得平常人不太敢靠近妳，那麼妳的下場恐怕就跟妳妹妹一樣……」

「妳說什麼?!妳知道什麼？是誰告訴妳的？」

雲牡丹說得太開心，口無遮攔地說出賀茯苓心底的最痛。

這是家醜！

不可告人的秘密！

亂倫這一回事兒，說出去都是可恥的事情。雲牡丹怎麼會知道？是誰說出去的？

「對不起，我不該說出來的。我知道妳現在心底一定很難受，但是妳要相信我不是故意的。」

「水無月也知道，對不對？」

「我不知道水無月知不知道，但是我和我師傅之所以會認識水無月，是因為妳妹妹對水無月下藥，然後他們一路跑到這兒來……這事情有點複雜，但是我沒有窺探妳家家私的癖好，只是很不湊巧撞見過。」

雲牡丹省略了每天造訪人家窗台臨場寫生的事實，只說了那一晚不小心撞見賀家老爺跟賀芙蓉交歡的情況。

賀茯苓的臉，慘白。

雖然明知道這可能是事實，但賀茯苓還是不敢相信自己的父親居然對自己的妹妹下手？他不是保證說不會再犯了嗎？

「妳，不會說出去吧？」

「我當然不會說出去，我發誓！」

「我爹，在娘親過世之前，就似乎對童女，有特殊的癖好……」賀茯苓掩面痛哭著，家醜難以啟口，這心中的難堪和難受，無法言喻。

雲牡丹從來沒遇過這種話說著說著就哭起來的狀況，這時候的雲牡丹，只覺得自己是一個頭兩個大。

「欸，妳別哭啊！」

早知道就別看好戲，幹麼帶賀茯苓回來？

現在好戲沒看成，還變得好麻煩。

怎麼有人可以說哭就哭呢？

她身上有開關嗎？

還是有什麼穴道可以止住淚水？

早知道就跟師傅好好學習，這下可好了，賀茯苓哭得上氣不接下氣，會不會出人命啊！有人是哭死的嗎？如果哭死是不是就地掩埋就好？

雲牡丹的腦海閃過各式各樣的可能，甚至想扯下腰帶塞到賀茯苓的嘴裡，好讓自己耳根子可以圖個清靜。

但是看賀茯苓這樣哭，堵住她嘴巴之後，她會不會喘不過氣？

雲牡丹有點生氣，氣自己話說得太快，但說出去的話跟潑出去的水一樣，是收不回來的。

難怪師傅老是說她毛躁，不懂得謹言慎行的美德，還要她跟春滿樓的姑娘好好學習察言觀色……

「不說我爹的事情了。妳說，焱會不會嫌棄我？他雖然是狐妖，可自毀三百年的修行在我身上，他是不是覺得不值得？」賀茯苓不想再提到關於家中的醜事，想到焱，忍不住追問著雲牡丹的看法。

「值不值得我沒法子替他回答，但是我知道妳看輕自己就是對不起他一番苦心。三百年啊！那是多漫長的時間，妳以為他是喫飽太閒嗎？」

山林裡的霧氣飄來幾分惆悵，賀茯苓哭了又停，停了又哭，反反覆覆的情緒也讓雲牡丹感到焦躁。有那麼一刻少女的心情是崩壞的……

在這之前，雲牡丹從未想過自己跟自己的師傅將會有怎樣的變化。

雲牡丹一直以為生活就該是如此，每天能見著師傅的笑容，閒來無事聽著師傅說點過往的陳年趣事，又或者去偷窺幾個人家的閨房情趣作畫，再聽師傅說點前世今生，日子就會這樣往前的滑動。

如果可以一直這麼下去那該有多好？

可是如果不行又該怎麼辦？

師傅到底喜歡怎樣的女子？

以後會有師母嗎？

師母討厭自己怎麼辦？

那師傅到底喜不喜歡自己？

如果師傅不討厭自己，那麼自己是不是有機會變成師母？

可是狐仙會喜歡人類嗎？

太多疑問讓雲牡丹的臉皺成了苦瓜臉。兩眉之間皺成的川字，都快可以夾死蚊子了。

雲牡丹的少女心，藺子狐知道嗎？

又或者應該說藺子狐會不知道嗎？

雲牡丹可是藺子狐一手拉拔長大的，雲牡丹的心思，藺子狐是不懂？還是漠視？又或者是裝糊塗？

如果即刻就必須揭曉答案，藺子狐是裝糊塗。

感情這種事情，像電光石火瞬間就拍板定案了，也能滴水穿石般地慢慢鑿開，怎樣都有人選擇，只是選擇未必適合。

保守一點大可選擇父母之命、媒妁之言，但也有人選擇自己所選，滋味點滴心頭……

愛情從來就不是美好的神話。

藺子狐是這麼教育雲牡丹的。

為什麼？

從盤古開天開始，愛情就是一連串的毀滅和犧牲，甚至是血流成河。

想想那后羿和嫦娥，結果嫦娥吞了仙丹飛奔上月亮，留下后羿。

想想那紂王和妲己，話說妲己還算是藺子狐的祖先之一呢！

所謂可歌可泣的愛情，最後都只留下罵名。

既然只會留下罵名，又何必浪費自己的精神和體力？

人生苦短，當上狐仙之後，時間不單只是取之不盡、用之不竭，而是更要有效的發揮時間，避免枯燥無聊自尋煩惱。

所以藺子狐選擇了角色扮演，搖身一變成了美嬌娘。

在雲牡丹還在襁褓時期，藺子狐就化身為胡姬，在中曇國都城的春滿樓當起「指導顧問」。這是為了讓生活增加點樂趣，同時也能擁有實質的收入，有了收入才能撫養小孩。

關於賺錢這一點，藺子狐是非常實際的。

也許有些狐妖或者散仙覺得很不以為然，能得道成仙，又何必浪費時間去想辦法攢銀子，施展法術不就能衣食無缺了嗎？

可當時藺子狐的想法，是希望盡可能的讓雲牡丹像一般人一樣的成長，有朝一日雲牡丹也得跟常人一樣的過生活，所以這些瑣碎是一種必須。

然而也因為藺子狐多了這個打算，雲牡丹才得以平安健康的長大。只是藺子狐也沒有尋常百姓養兒育女的經驗，只得憑著自己的意思，拉拔雲牡丹成長。更別說之後為了讓雲牡丹了解男女情事，去夜窺別人閨房之事畫春宮圖，這在尋常百姓的眼中根本就是胡鬧和荒唐。

可藺子狐一點也不覺得荒唐，反而還很得意，得意自己指導有方，更得意雲牡丹乖巧懂事深得他心……

老天爺，是喜歡看戲的。

有好戲可以看，留點時間任其發展也是新鮮好玩。

雲牡丹是藺若蘭扔給藺子狐的一個麻煩，藺子狐被雲牡丹肥短的小手還有笑聲給迷惑，轉眼那個肥短的小手出落得纖細，而那笑聲，也開始夾雜了女性愛撒嬌的特質。

藺子狐就算裝聾作啞，也知道自己對自己的徒兒有了師徒以外的情感。藺子狐知道那種情感，那種人類稱之為愛情的情愫。

朝夕相處之下，雲牡丹就是自己的心肝寶貝，想要緊緊守著、保護著。就怕她喫不飽、穿不暖。就怕她不開心、不愜意。只要是雲牡丹想要的、喜歡的，藺子狐都會想盡辦法弄來……就只是想讓他的心肝寶貝開心。

好在雲牡丹這個小丫頭，對於物質生活也要求不多，這麼多年來也只從他這兒討了一套文房四寶。

這樣的情感能維持多久？

就算雲朝的後人也是非常長命，但長命能長多久？最多也就幾百年。

可是藺子狐呢？

藺子狐是個狐仙，在當上狐仙之前他也活了上千年，在漫長的歲月當中，感情這種東西，通通被歸類到慾望去。

然而這一丁點慾望，還不如都城巷子口那家皮薄多汁還打了二十層摺子的湯包誘人。

活下去，不一定需要愛情。

因為愛情一定禁不起時間的考驗。

人，會老、會病、會死，又或者應該說，人出生的時候就開始注定走上死亡的路途，長短只是時間，任誰到最後都是殊途同歸。

更別說現在老天還頒布了「仙界成仙考核院最新得道成仙考取之辦法」，還發了報考簡章呢！

現在尋常人要成仙，不但得經歷九九八十一難，還要通過道德良心隨堂考才有機會謀得一個仙位。

相較之下，妖精類要成仙就容易多了，妖精和人不同，七情六慾也少了那麼些誘惑，而且隨便翻幾翻，刨一個洞、挖一個坑躲進去，時間又是過個數十或數百年。

蘭子狐不看好雲牡丹能夠得道成仙。

於是蘭子狐希望雲牡丹有生之年，能過得順遂點、快樂點、單純點、簡單點……不要有太多的情緒，那麼很快就又可以輪迴。

也許輪迴之後他們還是師徒一場？

蘭子狐是這麼想。

所以對於雲牡丹那點小心思，姑且稱之為少女心，就當作是時間到了的季節病。動物也會嘛，發春期、發情期，過了就沒事了。

只是隨著雲牡丹一年一年的長大，蘭子狐卻表現得比雲牡丹更像是得到季節病的重症患者。

就像是前些時候知道藺若蘭和雲牡丹接觸過，那種感覺很不舒服，覺得自己那個無良師傅似乎虎視眈眈的要搶走自己的心肝寶貝一樣。更別說後來水無月帶走雲牡丹，蘭子狐幾乎是想殺了水無月。接著是現在……

蘭子狐很不爽。

不爽雲牡丹皺著眉頭在煩惱著不屬於她的煩惱。

那個賀茯苓是怎樣？

焱怎麼會看上這種姑娘？

說長相沒長相、說姿色沒姿色、說家世背景沒家世背景、枉費了前世還當上了統領六宮之主，還不是香消玉殞……這點貨色他真看不上眼，卻沒想到焱竟自毀三百年道行在這個黃毛丫頭身上。

沒能感受到藺子狐的內心，雲牡丹的小腦袋瓜已經不知道想到哪裡去了，這一會兒，是想到自己的存在可能成為師母的眼中釘，然後被師傅踢出家門流落街頭，不過還好還有畫春宮圖這一門手藝，最起碼可以去春滿樓當個畫師維持生活。要不就是被師母在飯菜下毒，瞎眼、耳聾、四肢全斷變成人彘養在缸裡頭，師傅還不知情以為自己不聽話逃走……

雲牡丹愈想愈覺得可怕，看了天色一眼，還是決定回家看著師傅比較心安。

有別於藺子狐和雲牡丹這對師徒的各懷心思，焱倒是和賀茯苓攀談起來……多年未見，賀茯苓如今也一十有八了。而水無月的身分尷尬，不知該不該提醒賀茯苓自己仍是她未婚夫的事實。

許多個日子的等待，賀茯苓總算盼到這一刻。

她所愛慕的人就在眼前，溫柔斯文的和她說著話，他的聲音飄忽，像是風吹過去就斷了線，只是為什麼心底一直有種不安的感覺，像是什麼事情要發生了一樣？

藺子狐在賀家賀黃耆的睡房撒下意亂情迷，想給賀黃耆一個惡事莫為的警告！讓賀黃耆也嚐嚐被春藥搞得死去活來、生不如死的滋味。

而賀芙蓉這會兒看見家裡亂成一片，爹爹摟著管家抱來蹭去。

藺子狐瞇著眼瞥見不知幾時也沾染上意亂情迷卻站在一旁發愣的賀芙蓉，為了避免她的藥性在賀家發作，只好施展法術，傳音誘導賀芙蓉前往都城郊外避劫。

賀芙蓉聽見那聲音，卻不知道聲音的來源，但意亂情迷的藥性，讓賀芙蓉把那聲音當作寄託，順著聲音的誘導，賀芙蓉踩著喫力的腳步走到山上。

只是意亂情迷的藥性發作得比藺子狐預期中還要快，賀芙蓉走到山上看見有人影出現的同時，就昏厥了過去。

焱快步上前，一手扶住眼前倒下的女子，另一手抓住正打算躲起來的藺子狐。

「子狐兄，這位姑娘是哪裡得罪您了？」

「你又知道她得罪我了？如果她真得罪我，我又何須施法讓她來山上？」

「子狐兄，這姑娘怕是熬不過去了，您可知道？」

「不會吧，不就是意亂情迷而已嘛！」

「她身上還帶有其他藥性，長期服用的結果她的身體已經出了毛病，這姑娘就算沒有因為意亂情迷而高燒，恐怕早已不能生育。」焱伸手探了探那女子的鼻息，感嘆地說著。

「這可不關我的事，不能生育就要問她老子去——不對！是她們的老子。」藺子狐無視於雲牡丹拚命擠眉弄眼，指著賀茯苓，輕輕鬆鬆的就把賀家的家醜給點出來。

焱看著賀茯苓咬著下唇不發一語。

而站在一旁的水無月，雖不曉得到底發生了什麼事情，但見著昔日活潑過頭的賀芙蓉此刻在他面前奄奄一息，也忍不住心生憐惜。

「子狐兄，我雖自毀三百年道行，但我仍清楚因果循環是怎麼一回事兒，您所不齒的行為，又怎忍心加害於人呢？」焱的口氣中充滿了不諒解與責備，礙於水無月在場的關係，又考慮到賀茯苓的心情，焱不好說出口，只能意有所指地指責藺子狐的莽撞。

「既然你都知道了，那我也沒啥好說的，你自己看著辦吧！」

「子狐兄，您明知道不能生育對一個姑娘來說是何其殘忍的事情，您怎麼能袖手旁觀呢？」

「誰說我袖手旁觀的？喂！水無月，既然賀茯苓已經心有所屬了，你就娶賀家二小姐吧，這也算功德一件。如果你同意，我一定讓她能夠生育，而且一年生一個，生到你不要生為止……」藺子狐拉著水無月大聲嚷嚷地說著。

隨著藺子狐嚷嚷中的話語，讓在場除了昏迷中的賀芙蓉之外，賀茯苓、水無月、雲牡丹以及焱都瞪大了眼。

而賀茯苓、水無月、雲牡丹以及焱也各別在藺子狐面前展露出關於「笑」這一回事的不同體現……

賀茯苓是面露喜色的竊笑。

賀茯苓心裡想著，如果水無月當真迎娶賀芙蓉，那她不就可以順理成章的跟自己的心上人焱走得義無反顧。

水無月是一臉苦笑外加不知如何是好。

水無月心裡想著，如果真的改迎娶賀芙蓉，那之前決定退婚的計劃不就落空了？更別說賀家老爺先前言明過，不管是誰要迎娶賀芙蓉，都得入贅到賀家。入贅？別開玩笑了！自己可是水無家的獨子啊，要是答應入贅，回去怎麼跟家裡長輩交代？

雲牡丹是開心的傻笑。

雲牡丹心裡想著，如果水無月跟賀芙蓉成了親，賀茯苓又跟焱離開，那這兒又可以恢復平靜，自個兒又能和師傅不受打擾安穩的過日子。

焱看著藺子狐是哭笑不得。

焱很清楚藺子狐正在偷窺大家心裡所想的思緒，藺子狐怎麼說都是一個狐仙，狐仙竟然如此隨便的替別人做出決定？仙人是不能主導人類的命運不是嗎？更何況婚姻大事怎能決定得如此輕率呢！

藺子狐偷窺到賀茯苓、水無月、雲牡丹以及焱的心聲，可眼下藺子狐管不了這麼多，管他幾家歡樂幾家愁，賀家這檔閒事他本來就沒打算插手，要不是不小心讓賀芙蓉沾染到意亂情迷，需要用至死方休來解開藥性，其餘的也只是做個舉手之勞，順便處理而已。

焱自知和藺子狐爭論不過是浪費時間，嘆了幾口氣，抱著全身捆滿白綾的賀芙蓉泡在至死方休的藥湯裡，暗自祈禱賀芙蓉能早日康復。

「師傅啊，這樣沒問題吧？賀芙蓉真的能康復嗎？」雲牡丹看著焱表情凝重，有些擔憂地問著。

「我的傻徒弟，為師我可是一次解決了四個人的問題，怎麼會有問題呢？」藺子狐得意地笑著。

「為什麼是四個人的問題？」雲牡丹歪著頭，實在不知道自己的師傅現在是在說什麼？

「怎麼不是四個人的問題！妳看，焱帶走賀茯苓，那水無月不就沒老婆了？賀茯苓想跟焱走，那不就辜負了水無月？現在醫好賀芙蓉，焱和賀茯苓不就可以無後顧之憂的走得很開心？其次是賀芙蓉終於可以得到水無月，水無月也不會沒老婆，不是嗎？」藺子狐捏了雲牡丹的鼻子一下，開心地吹著口哨走回屋內。

「好像是吼，師傅好厲害啊！」雲牡丹聽完藺子狐的解釋還愣了一下，想了一下突然想通了，喜孜孜的跟著藺子狐的腳步跑回屋內要撒嬌。

水無月一臉欲哭無淚的看著眼前這個所謂皆大歡喜的局面。

那自己呢？

誰來好心幫個忙？

沒有別的選擇了嗎？

怎麼就沒有人打算聽聽他的意見嗎？

第六章　既羨鴛鴦又羨仙

相較水無月的無言的抗議，焱看著藺子狐和雲牡丹這對師徒，心底有著說不出口的羨慕，狐仙和人類能彼此互相依戀得如此自然，真是少見。

雖然羨慕，但對於已經修練上千年的焱而言，能夠修道成仙早日脫離妖身是刻不容緩的事情。

想來火狐在靈狐一族並不被重視，焱苦修了上千年，雖然為了救賀茯苓而自毀三百年的修行，但怎麼說也是熬過了修行的痛苦……

如果他真娶了賀茯苓為妻，依照人世間對於女子在家從父、出嫁從夫、夫死從子，包喫包住包前途還有包幸福的種種不平等條件來看，娶妻生子是一種酷刑，而非通往幸福的道路。

「焱，在想什麼？」

「子狐兄，您可曾想過娶妻生子這個問題？」

「啊？焱，你頭殼壞掉喔！我是狐仙耶，幹麼娶妻生子啊！那是浪費自己的時間也是辜負別人的青春啊！我們不容易老也不容易死，人類的生命短暫到如曇花一現。」

「我知道人類的生命短暫，但……」

「你是說責任問題嗎？我這輩子只對我徒弟有責任，雖然她是一個人類，但還好她是雲朝古國的後人，沒準兒能活個兩、三百年，只要我適時的輔導，她或許有機會能跟我那個無良的散仙師傅一樣，得道成仙。」

「那賀茯苓呢？我該抹去她記憶讓她忘記我，平靜的走完這一世？還是把她帶在身邊陪著她走完這一世？」

「喔，這真的是一個非常難回答的問題。你自己又怎麼想呢？」藺子狐瞇著眼，抿著嘴一臉似笑非笑地反問著。

「我還能怎麼想？火狐一族凋零，能夠修練成人形的火狐，目前好像也只有我……」焱皺著眉，思考著修行和如何安置賀茯苓。

「所以這是你的煩惱，而不是我的煩惱。不過我能夠告訴你，人生苦短，既然你都出手干預了賀茯苓的命運，你自然是要對她負責。你可知道一旦和人有了牽扯，這一輩子、下一輩子甚至是下下輩子你或許都得對她負責也說不定。」

「我知道，所以我在思考該如何負責才能對得起她，但也能不荒廢我的修行。」

「哈！真貪心啊，魚與熊掌是不可兼得的，這就像是你希望豔陽高照的好天氣，卻不能期待這高溫之下還能有涼爽宜人的氣候一樣，有捨才會有得。」

「子狐兄的言下之意是要我放棄修行？」

「我沒有要你放棄修行，但是我勸你放棄思考萬全的辦法，因為那是不可能的事情。又換個方式來說，或許讓你遇見賀茯苓，和她的命運有所牽扯就是一種考驗。考驗也是修行的一部分，不是嗎？」

「那子狐兄也把雲牡丹視為修行的一部分嗎？」

「如果非得這麼比喻，我不反對這種說法。你看著一個人出生，長大成人，又看著她老去，甚至是死亡，也許你跟她之間的緣分未盡，你還要尋找轉世過後的她，繼續你們之間的緣分，直到緣盡為止。誰也無法精準的說出自己和另一個人之間的緣分有多深，需要多少時間來牽扯，不是嗎？」

「修道成仙了也無法確定嗎？」

「神仙也不是萬能的啊！你看我，成了狐仙之後開始學著做人，要學著人的樣子養育孩子，現在孩子長大了還要替她思考她的將來，甚至要想著如何讓她安然的走完這一世。」

「連神仙也不可避免嗎？」

「神仙只是一個稱謂，不代表能免疫這世間的常態，我們也只是茫茫塵世中的一部分罷了。」

「聽子狐兄一席言，焱慚愧了。」

「不必慚愧，我也是想了很久，看著雲牡丹一天一天的長大，多少也能體會天下為人父母者的憂慮。人無法選擇自己的父母，但是可以選擇自己要成為怎樣的人。我雖然成了狐仙，不代表我就可以左右雲牡丹的命運，然而身為她的師傅，我可以從旁協助她度過生命的每一個考驗，這相對的也是我的修行。」

「這麼說來子狐兄的師傅也是用心良苦了。」

「我那個散仙師傅雖然沒教導我什麼，但是或許沒有教導就是最好的教導，自己摸索出一種方法，勝過別人告訴你千萬種辦法。就像是你干預了賀茯苓的命運，你沒想過這會牽扯到多少人，但是問題在你出手干預的時候就已經存在了，你不能否認，只能面對。又像是你當初怎能想到今日的這個局面，誰又知道誤打誤撞所有的事情都湊在一塊？不是嗎？機緣這一回事兒，神仙也未必能參透啊！」

焱看著藺子狐神秘的抿著嘴笑。真不知道該說這個「前輩」居心實在叵測，還是要說自己想得真的太少？

但又如同藺子狐所言，一開始確實是沒想過自己自毀三百年道行的同時，也干預了賀茯苓的命運，若非如此，賀芙蓉又怎會有今日的下場？

有那樣的父親，這對姊妹這些年是怎麼熬過來的？

虎毒不食子，可賀黃耆卻把自己的女兒當成了什麼了？

「那她們的父親……」

「你說賀黃耆喔，他現在八成還在沈迷於自己的幻想之中。這個意亂情迷實在厲害，說到這個，我要帶我徒兒去見見世面了，你就好好地安撫賀茯苓，順便開導一下賀芙蓉和水無月。」

「子狐兒，您怎麼把爛攤子扔給我啊！」

「我沒有扔爛攤子給你，這本來就是你的問題，我只是路過打醬油的，懂嗎？」

焱看著藺子狐春風滿面的吹著口哨離開，突然有種上當了的感覺。

這說來說去責任怎麼都落到自己身上了？

藺子狐從後方一把抱起雲牡丹，雲牡丹也非常喜歡藺子狐這樣抱她，總覺得藺子狐懷裡的小小天地只能專屬她一人。

「徒兒，為師看今天天氣不錯，總覺得有好戲可以看，快帶著妳的畫布跟畫具隨師傅下山一趟。」

「師傅啊，要去哪兒？這麼神秘？」

「去了妳不就知道了。說到這個天理循環啊，呵呵，報應怎麼會這麼有趣啊！」

思緒是非常難以判定的事情，這就跟味覺還有美感一樣，是非常主觀的事情。

雲牡丹摸了摸自己的臉龐，一直都知道師傅長得非常好看，在見過焱之後，雲牡丹更加認為自己的師傅是人間絕色……

像這樣的男子，明知道他是狐仙，而且經常忽男忽女，可仍無法掩蓋美豔這一回事兒。

如此美豔的男子，會找到一個怎樣的對象呢？

「師傅，您長得可真漂亮！」

「那當然，整個靈狐一族就數我最俊美啦！開玩笑！我的九尾可是連我老子都忌妒的呢！順便跟妳說，我老子只有八尾。」

「那師傅的父母親也很漂亮嗎？」

「我老子也算不錯啦！但是我娘親……是靈狐一族當中姿色最普通的。不過這在靈狐一族裡頭也算異類，因為靈狐多半長得很俊美，所有的靈狐在受孕之後會回復狐狸的形態待產，只有我娘親刻意消耗靈力也要用人形生產，我一生下來就是九尾，我老子說那是託我母親的福氣。」

「所以靈狐一族當中只有師傅您是九尾狐嗎？」

「嗯，現存的九尾狐只有我。再來是我老子跟族內的長老們，八尾狐。剩下的幾乎都是六尾以下的小狐狸，還不成氣候。怎麼了嗎？怎麼突然問起這個問題？」

「那師傅也會想找個妻子……生子嗎？」

「我哪還需要結婚生子啊！我已經是狐仙了。基本上靈狐一族已經與我無關，不過基於我老子跟我娘親還健在，三不五時我還是會回北霧國探望他們。」

「可是我沒見過師傅您回去北霧國啊！」

「有啊，上次回去的時候妳還是小嬰兒，所以沒記憶吧！我娘親還哄著妳睡呢！那時候妳小小一個，不會哭只會笑，但是我老子偷親妳一口，妳就哇哇大哭，後來還是我娘親哄著妳，哄到妳睡著。」

提起往事，藺子狐的思緒馬上飛奔到過去。

那時候藺子狐才剛當上狐仙，還在享受遊歷三界的樂趣，只是因為師傅一言而去了雲朝古國的遺跡赴約，就撿了雲牡丹回來。

藺子狐是一個狐仙，雖然養育小孩不是困難，但第一次嘛！總是手忙腳亂，只好帶著雲牡丹回北霧國求救。

那時候雲牡丹小小的，總愛拉著他的尾巴玩。

肥短的四肢還有總是笑咪咪的臉龐，藺子狐帶著這樣的雲牡丹回到北霧國。新生命總是帶給周圍無窮的喜悅以及希望，雖然雲牡丹是人類的孩子，而且還是雲朝古國的遺族，但是靈狐一族並沒有因為雲牡丹的身分而感到憂慮。

試問，這天下誰會對一個嬰兒的存在感到有威脅性？

小小的雲牡丹在靈狐一族的長老們之間被輪流抱來抱去，人類的孩子他們沒少見過，但是這樣不哭愛笑的嬰孩確實是少見。

藺子狐的父親，是靈狐一族的族長，蓬鬆的八尾象徵著他的地位，但雲牡丹卻抓著八尾狐的尾巴，開心地格格笑。

藺子狐的父親見著雲牡丹的笑容，開心地抱著雲牡丹親了一口，但雲牡丹這時卻很不給面子的放聲大哭，搞得一群老狐狸手足無措……

最後還是藺子狐的娘親，抱走哭鬧的雲牡丹，嗚唱著山歌哄雲牡丹到睡著。

「那師傅的父親和娘親都還健在，為何師傅不待在北霧國呢？」

「欸！我已經長大了嘛，更何況我是個狐仙，賴在族裡總是會被說閒話，而且我答應過……」

「答應過什麼？」

「我答應過一個人，會好好的把妳照顧長大，由於妳的身分特殊，不管妳將來是否有意願去皇宮當個公主，我都會待在妳身邊的。」

「為什麼？師傅是因為答應那個人所以才會待在我身邊嗎？還是因為我會變成怪

物？」

「牡丹啊，如果妳是怪物，那師傅算什麼？妖怪中的翹楚？誰敢說妳是怪物我就扭斷他脖子！

「還有，待在妳身邊無關乎答應過誰，而是師傅不想離開妳，妳可是師傅的心頭肉呀！」

「牡丹也不想離開師傅！」

雲牡丹在藺子狐的懷裡緊緊的抱著他，藺子狐十分愛憐的撫著雲牡丹的髮絲。

雖然無法肯定雲牡丹是否真的承繼了雲朝古國人的命運，但是雲牡丹的存在確實是一個意外。

雲牡丹體內那股好戰善鬥的嗜血因子，早就被藺子狐每個月放血給安撫下來，但這樣消極的做法能維持多久？

藺子狐不知道也不敢想，就這麼陪著雲牡丹一天一天的成長。

藺子狐甚至打算如果雲牡丹真有個萬一，他就算毀掉自己也會陪著雲牡丹一起下地獄。

這個決定早在十多年前回到北霧國時，藺子狐就清楚地告訴自己的雙親。沒有預期之中的憤怒，自己的老子嘆氣，而娘親卻給了自己一個安心的笑容，還要自己若不擅長帶孩子，就找個奶媽幫忙帶。

蘭子狐不想讓自己的決定造成靈狐一族的困擾，在雲牡丹的身分還未曝光的時候，蘭子狐就帶著雲牡丹離開北霧國回到中曇國，躲在山野林間……直到現在。

時間過得很快。

時間從不因任何人而停留。

時間也不會改變歷史，改寫誰的命運。

時間無情的輾過，從未留情……

「師傅，那您不想回北霧國看看嗎？」

「想回去隨時都可以回去啊，我的好徒兒，咱們來看好戲吧！」

蘭子狐停下思緒，抱著雲牡丹跳上一戶人家的屋頂。

低頭往下探，那是亂成一片的賀府。

意亂情迷的藥效已經充分發揮，賀府上上下下不分男女老幼都衣衫不整的摟來抱去，其中賀家老爺——賀黃耆，這時正被他的管家給壓在地板上，開後門……很顯然的這個管家想對賀家老爺怎麼樣已經很久了。

經過意亂情迷的催化，這些人淫亂的行徑讓雲牡丹嚇傻了眼。

「師……師……師傅！」

「呵呵，夠刺激了吧，賀黃耆大概沒想到自己也有這麼一天。」

「師傅啊，賀老爺是男子，那個管家也是男子不是嗎？那……他們……怎麼……能夠苟合啊！」

「這是機會教育。這就是龍陽之好，男子跟男子之間當然也可以苟合，俗稱開後門，又稱捅菊花。也有些人不好女色卻喜男色，甚至不少有錢的貴公子還包養反串的戲角兒，夜夜笙歌呢！」

就在藺子狐帶著雲牡丹到賀家看好戲的同時，藺若蘭也手持護國聖女的親筆書信，進入中曇國的王宮準備面見當今的君王——犽王曇雋。

說到犽王就不得不說點關於犽王的私事兒以及當今世事……

犽王年紀已經屆滿十八，按照祖制，中曇國的帝王登基滿三年後必須遵從「護國聖女」的指示，從東霽國、南雷國、西靈國或北霧國這四國當中選定皇后人選，之後每年選秀增加四名佳麗，直到帝王年屆三十中止納嬪。

而護國聖女自犽王登基以來，從未明確的指示過犽王應當迎娶四國當中的哪一國公主為后，卻在今日稍早之前告知犽王，四國的公主們都將在近日內來到中曇國。

這天下，放眼望去五國鼎立，其中又以中曇國兵力充足，卻保持中立而躍上五國之首。

五國之中也只有中曇國擁有護國聖女，占卜吉凶、國運盛衰，甚至決定誰能登基帝位……

而犽王曇雋，出生時雙眼重瞳，被自己的母妃當妖孽，命人扔在山野林間遺棄，由狼群拾獲，讓護國聖女迎回。

犽王在那一刻起，被護國聖女當帝王撫養直到十五歲登基稱帝。

傳聞中，雙眼重瞳能窺見三界，但犽王未能看見現實之外的事物，卻多了與動物溝通的異能……

一名內侍跪在地上，清了清嗓子，打斷了曇雋的沈思。

「啟稟皇上，東霽國、南雷國、西靈國、北霧國皆派使者求見。」

「吩咐下去，設宴款待使者。」

「遵命！」

「還不趕緊下去？」

「啟稟皇上，另外有一位自稱是藺若蘭的道長，也來求見。奴才已經安排這位道長在御書房的偏廳候著了……」

「不知名的道長也要見朕？他當朕是什麼了？」

「啟稟皇上，這名藺若蘭道長是得道成仙的高人，而且手持護國聖女的親筆書信……奴才以為皇上會想見他。」

「朕知道了，下去吧！」

曇雋看著不遠處護國聖女所在的高塔，雙眼透出迷濛之光……

為什麼身為帝王，自己卻有明明活著卻像死去的感受？

四國到底是恐懼中曇國的兵力，以及護國聖女聲名遠播的威信，而非真正臣服他這個犽王啊。

這又算什麼？

不管自己多麼努力治國，也會被說成是因為有護國聖女庇佑，不是嗎？

滿朝文武大臣雖口口聲聲高呼萬歲，但每一道上奏的奏摺還不都是先讓護國聖女批閱？

似乎國情如何已經與自己無關，那麼自己還留在宮中做什麼？

當個裝模作樣的帝王，享受著人民的朝貢，然後假裝著自己毫無知覺直到老死？倘若真得這樣過日子，那還不如一開始在深山裡被豺狼喫掉。

曇雋嘆了一口氣，看著不遠處捧著龍袍的宮女，拾了步伐往寢殿走去。

蘭若蘭之所以會來見犽王就是為了雲牡丹，為了說服犽王能親自下旨將雲朝古國的公主——真正的護國聖女迎回宮中照顧。

根據這段時間的暗中觀察，他那個狐仙徒兒似乎已經陷入了色慾而不自知。

雖然三界之中沒有明文規定仙人不得娶妻生子，但藺子狐誰不好動心卻對雲牡丹動了情，這事情若不管放任下去，只怕會衍生更多的麻煩。

一開始藺若蘭只想讓水無月帶走雲牡丹，走得遠遠的，但剛好當今的護國聖女「高詠心」又來了一封求救信，藺若蘭覺得這是一個契機，藉由這個機會將雲牡丹帶離藺子狐身邊，於是藺若蘭收到請帖之後立即前往王宮。

在外人眼裡，護國聖女能夠享有至高無上的權力，但是護國聖女相對的也喪失了身為女人能夠擁有的一切……雖然能享有天歲，卻也只能盡忠職守的擔任護國聖女的職責，直到選定的繼任者出現，交接完成之後，才能卸除重任，羽化成仙。

而在高詠心之前的那一位護國聖女是雲姚芝，雲姚芝身為雲朝古國的後人，但因為犯了色戒被奪去靈力，只得逃到雲朝古國的祭壇等死，沒想到這一等就等了上百年才將雲牡丹給生下來。

當年高詠心只是雲姚芝身邊的一個侍女。在雲姚芝因為懷孕而喪失靈力逃離時，高詠心知道五國不能沒有護國聖女，為了天下的太平，高詠心懇求當時已得道成仙的蘭若蘭從旁給予協助，直到高詠心對護國聖女的工作職責能夠上手才離去，沒想到時間轉眼也過了上百年。

「來者何人？手持護國聖女親筆書信前來求見，不知所為何事？」

犽王已換上象徵帝王的龍袍出現在御書房內。

犽王打量著藺若蘭，而藺若蘭也不客氣地盯著這位中曇國的君王。

兩人對視了半晌，藺若蘭才鬆了鬆喉嚨開口說著——

「傳聞雙眼重瞳能窺見三界，不知犽王可知道這三界之內有無異狀？」

「若能窺見三界，朕還需要當一個中曇國的君王嗎？」

「好大的口氣，真是年輕氣盛。我來此見犽王您是因為護國聖女的請託，想來犽王也應當明白高詠心只是代理護國聖女，高詠心已經年邁，而真正的護國聖女繼任者已在十七年前出世，並且安然的長大成人，嚴格說來這個人還跟犽王有點淵源呢！」

「喔？」

「此女名喚雲牡丹，乃是上一任護國聖女雲姚芝懷胎上百年所產下的雲朝古國唯一血脈……」

「懷胎上百年產下？這還真是奇聞啊！」

「實不相瞞，在下雖然只是一個遊歷三界的散仙，但也收了一個狐仙徒兒，我那個徒兒費了不少心力才將雲牡丹撫養長大，如今也十七歲了。」

「說下去。」犽王露出一抹狂野玩味兒的笑容。

十七歲的護國聖女……是嗎？

藺若蘭把藺子狐帶著雲牡丹這些年來做的荒唐事兒一一告知犽王。

只見犽王表情不變，可眼神多了幾分戲謔。

狐仙啊……他還沒親眼見過活生生的狐仙呢！

犽王對藺若蘭的狐仙徒弟還感興趣些。

「那麼仙人，就有勞您即刻將護國聖女給迎接回宮吧！」

犽王看著藺若蘭離開之後，召來史官看著剛剛那段對話紀錄。

這史官可厲害了，無論犽王和誰面談，史官都會一字不漏的一一記錄。

當然這也包含了剛剛與藺若蘭的對話，犽王看著對話紀錄，一面問著身邊的小廝關於民間的人、事、物。

尤其是春滿樓這種聲色場所更是引起犽王無比大的興趣，原來王宮外頭，是那麼樣的有趣啊！

藺若蘭從宮中離去之前，去拜訪了當今的護國聖女——高詠心。

高詠心已有了些年紀，雖然當了代理護國聖女享有天歲，但肉身仍無法抵擋老化的諸多不便。

高詠心看見藺若蘭，情緒顯得有些亢奮、有些激動。

因為高詠心知道，藺若蘭肯再出現，那就表示護國聖女已經平安長大……那麼自己的責任也可以告一個段落。

「藺若蘭，你可終於出現了。」

「別起來，歇著吧！我來看看妳就走，妳朝思暮想的雲牡丹，下回兒我就把她給帶來。」

「你徒弟肯嗎？」

「他不肯也得肯！雲牡丹不是尋常人家的孩子，她也有自己必須應該要負起的責任和義務。我給過藺子狐機會，他沒能解開雲牡丹身上的血咒，那麼雲牡丹自然是得面對屬於她的天命。」

「藺若蘭，你這個老賊，連自己的徒兒、徒孫都這麼算計。」

「謝謝！我會把這句『老賊』當讚美。」

藺若蘭看了高詠心一眼，掐指算了算他那個狐仙徒弟和雲牡丹的所在位置後，消失在高詠心面前……

蘭若蘭離開王宮，轉了個方向往都城最熱鬧的大街走去。

這賀府就在都城最熱鬧的大街上，蘭若蘭遠遠的就看見蘭子狐和雲牡丹站在賀府的屋頂上交頭接耳，屏氣凝神的瞬間移動到賀府，只見賀府淫亂一片。

不用想也知道這是蘭子狐的傑作，能這麼胡鬧的，也大概只有他那個狐仙徒兒了。

「這麼有閒情逸致在看戲，怎麼沒約我呢？」蘭若蘭拍了拍衣袍，往賀府內看了一眼，氣定神閒地問著。

「你這個無良師傅還敢出現啊！」蘭子狐出口譏諷著，也不管蘭若蘭到底還是他師傅。

「真沒禮貌！看見師傅沒有三跪九拜，還出言不遜！」

「哼，你還有臉自稱是我師傅？」

「我當然有臉啊！你瞧！我的臉皮不是好端端的掛著，你也瞧見了不是嗎？牡丹啊！來幫師祖爺爺瞧瞧，我臉上可有少層皮、掉塊肉。」

「你這個無良師傅還敢對著我徒弟自稱是師祖爺爺，聽了真反胃！」

「這話可不能這麼說啊，論輩分，牡丹叫我一聲師祖爺爺也沒錯啊！」

「你到底來這兒做什麼？」

「問得好！問到重點啦！我不是來找你，我是來接牡丹的。牡丹，跟師祖爺爺走吧！少跟妳師傅這種當了狐仙還耽戀塵世的半吊子混在一起。」

「誰說我耽戀塵世了？你哪隻眼睛看見的？」

「好啦，我今天趕時間，沒空和你在這兒噴口水……」藺若蘭沒打算給藺子狐有太多的思考和準備空間，抓起雲牡丹的手……咻地一聲就將雲牡丹打橫抱起消失在藺子狐面前。

藺子狐看著藺若蘭離開的方向，氣得九尾狐的尾巴都跑了出來。他一臉怒氣，顧不得九尾在半空之中甩啊甩，氣沖沖地回到山野林間的住所，滿腦子想著要怎樣把雲牡丹從藺若蘭手上給帶回來。

焱不知道發生了什麼事情讓藺子狐發了這麼大的火氣，連九尾狐的尾巴都顯露出來。

「子狐兄，到底發生了什麼事情？怎麼不見牡丹跟著你回來呢？」

「我那個無良師傅把牡丹給帶走了！」

「那把牡丹接回來便是，子狐兄又何須發這麼大的火氣？」

「我也不想發脾氣啊，可我不想見著高詠心嘛！」

「子狐兄說的高詠心，可是當今代理護國聖女的那一位？」

「廢話！除了她還有誰？凡人當了代理護國聖女享有天歲，可偏偏她肉體衰弱，那模樣看了實在是傷眼睛。啊！我想到了一個好主意，焱，附耳過來……」藺子狐拉著焱低聲商量著。

只見焱聽完藺子狐的話之後，神色凝重地想了半天，才答應了藺子狐的請託。轉身一變，變成絕美的佳人……

看著焱變成美人兒的模樣，藺子狐也施法，化身成為胡姬，準備前往春滿樓。

兩人來到春滿樓，小翠正專心地刺著繡。

「小翠妹妹，打擾了！」

「胡姬，今天是什麼風把妳給吹來了？」

「小翠妹妹，姊姊我想請妳幫個忙。」

「幫個忙？」小翠看著胡姬身後的四個人，語氣夾帶著些許的不肯定，不知道胡姬到底要她幫什麼忙？

「小翠妹妹，我好命苦，我就牡丹這麼一個心肝寶貝……」

「胡姬，妳先別哭啊，牡丹是怎麼了？妳要我幫妳什麼忙？說吧，只要我能力所及，我一定幫。」

「小翠妹妹，牡丹不見了，我要出趟遠門去找牡丹。這位是我妹妹豔姬，另外那三位，就是我要請妳幫忙照料的人。」

「那這三位是？」

「這三個人是我妹妹豔姬的朋友，來到中曇國之後，水土不服導致身體虛弱，本來我們是要一起結伴回北霧國。可牡丹卻不見了，我要和豔姬出去找牡丹。這段期間這三個人就麻煩妳幫忙照料，妳只要確保不會有人知道他們三個在這兒就好。」藺子狐所扮演的胡姬，邊說邊哭，然後一面施法讓小翠消除疑慮同意讓這三個人安置下來。

「胡姬，妳放心吧，這不是什麼大事，妳儘管去找牡丹比較重要，我保證不會有人知道我屋子裡多了三個人。」小翠雖然有些疑問，但在藺子狐施法暗示之下，毫不疑慮還爽快的答應幫忙留下這三個人。

「小翠妹妹，萬事拜託了，我會記得妳這份恩情的！」

「胡姬快別這麼說，只是這三個人水土不服？那要不要找大夫來診治，看是不是吃些補品調養身體？」

「不、不，不用費工夫找大夫了，他們只是水土不服，現在只需要安心靜養就可以了。」

「我知道了，胡姬妳趕緊放心的快去找牡丹吧！」

藺子狐化身的胡姬順利交代完小翠之後，出手點了賀茯苓、賀芙蓉以及水無月這三個人的啞穴，這才和焱離開了春滿樓。

藺子狐和焱站在春滿樓外低聲的互相討論了一下，決定一個往北走，一個往西走……焱和藺子狐要半路挾持公主並且假冒公主進王宮，屆時在中曇國王宮內會合。

藺若蘭一直以為藺子狐會追上來，大吵大鬧的要他把雲牡丹還給他。為避免節外生枝，藺若蘭帶著雲牡丹來到王宮，未經通報就直闖犽王的御書房，將雲牡丹留下拔腿就跑。

「仙人請留步！」犽王看著藺若蘭和一個模樣像是洋娃娃的女娃兒憑空出現在自己面前，而藺若蘭啥都沒交代轉身就跑，這到底是怎麼一回事兒？

犽王看著雲牡丹，兩個人對視了好一會兒。

這時有內官捧來糕點，犽王看著雲牡丹盯著糕點吞口水，招手要雲牡丹過來一起喫。

「朕要怎麼稱呼妳才好？」犽王看著眼前長得粉雕玉琢的女娃兒，猜測著她的身分。

「我叫雲牡丹！」雲牡丹看著眼前這名器宇軒昂的男子，心底忍不住比較起來，這一比較，雲牡丹還是認為自己的師傅最俊美。

「妳是雲牡丹？那妳是不是有一位狐仙師傅呢？」犽王看著小口小口喫著糕點的雲牡丹，想像著雲牡丹的狐仙師傅到底長什麼模樣？

「是啊！」雲牡丹喫著糕點，不知道犽王為什麼要一直盯著她瞧？

「朕聽說妳常常偷窺別人行房之樂，好玩嗎？」犽王口氣輕緩地問著。

「當然好玩啊！我不是偷窺，那是我的作業。我師傅要我畫九百九十九張春宮圖，不然我也不想看啊！」雲牡丹喫得滿嘴糕點，可仍出聲反駁著。對雲牡丹而言，那是師傅指派的作業，不是偷窺。要不是作業，雲牡丹才不想這麼費工夫的夜探別人閨房之事呢！

「那妳師傅為什麼要妳畫春宮圖？」犽王斟了一杯茶遞給雲牡丹。犽王還真怕雲牡丹被糕點噎到岔氣呢！

「還不就我之前偷跑進來王宮摘火蓮，被我師傅處罰嘍！」雲牡丹心虛地回答。畢竟現在可是在王宮內，讓人知道她之前偷溜進來企圖偷摘火蓮，好像不是一件好事啊！

「真有趣！那妳可知道朕是誰？」犽王看著雲牡丹那心虛的模樣，知道再追問下去，雲牡丹恐怕就沒心情喫糕點了。為了不破壞這第一次見面的氣氛，犽王轉了個話題，問著。

「你是犽王啊！中疊國的君王。」雲牡丹見犽王似乎沒有要追究她之前偷溜進王宮的事情，鬆了一口氣。呷了一口茶，又繼續喫起糕點來。

「妳不怕朕嗎？」犽王一面問著，一面伸手將糕點放到雲牡丹的面前。

「我要怕你嗎？我師傅說眾生平等，沒什麼好怕的，皇帝也是要喫喝拉撒睡的……不是嗎？」雲牡丹很順手的把犽王拿到面前的糕點，接過手往嘴裡送。這邊吃邊聊天的過程感覺還不差，然後雲牡丹心裡想著王宮裡就是不一樣，糕點也特別好吃呢！

「沒錯，記住妳今天跟朕說的話，朕不希望……妳怕我。」犽王看雲牡丹喫得開懷，又使了眼色命人繼續備上糕點喫食。常言道，吃人嘴軟，想多知道關於狐仙的事情，當然要先討好狐仙徒弟的嘴兒。

「我不會怕你啊，如果真的要怕，我還比較怕我師傅生氣，他生氣吼，我就慘了！」雲牡丹一想到師傅，一張小臉垮了下來。雖然王宮裡的糕點很好吃，但是師傅現在應該是很不開心她人在王宮吧！然後也不知道師傅會不會一生氣，作業又多了幾百張？

犽王看著雲牡丹，心裡開始期盼會是在怎樣的情況下和雲牡丹的狐仙師傅見到面呢？

第七章　情竇初開愁斷腸

犽王看著雲牡丹粉雕玉琢的臉龐，精緻的五官還有清新脫俗的氣質……心裡想著難怪她師傅會將她捧在手心，自己也喜愛眼前這不矯柔的女娃兒。

犽王對雲牡丹的喜愛，更多是來自於雲牡丹看見自己時的反應……雲牡丹應當是有看見自己這雙重瞳的眼眸，可是雲牡丹並沒有露出喫驚又或者是好奇的反應，也不似王宮裡的宮女一樣流露出崇拜的表情，她還對桌上的膳食多注意了些。

犽王和雲牡丹在御書房內聊了半晌。言談間犽王也得知雲牡丹幾乎是不會武功，這些年來只學會了輕功、藥理和繪畫……拜了一個狐仙為師心性還能如此單純，這到底是她生性如此？還是狐仙刻意栽培的呢？

「雲牡丹，妳可願意留在朕身邊？」犽王握著雲牡丹的手，輕聲問著。

「我現在不就在你旁邊嗎？」雲牡丹沒聽出來犽王話裡還有其他弦外之音，瞪大眼睛，香腮還鼓著咀嚼中的糕點，口齒不清地說著。

「但若是妳師傅來接妳，妳可以不要走嗎？」犽王伸手抹去雲牡丹沾在臉頰上的糕點屑，把自己話裡的意思再說一次。犽王希望雲牡丹留在王宮內，陪在自己身邊。

「我師傅說過，金窩、銀窩卻不如自己的狗窩，我還是想回山上去。」雲牡丹環視著御書房，看著犽王那殷切的神情，還是說出想回山上去的心底話。

「那如果朕邀請妳師傅也住在王宮裡，妳是不是就願意住下來？」犽王話說得一番兜兜繞繞，最後還是提到了雲牡丹的師傅。

「這很難說啊！王宮裡又嚴肅又無聊規矩又很多，我看我師傅八成是不願意住在王宮，不過這裡有好喫好玩就可以待上一陣子。」雲牡丹雖不明白犽王希望自己留在王宮的目的，但她也沒多想，只當犽王一個人在王宮裡太無趣想找人作伴而已。

「雲牡丹啊，妳怎麼說也是雲朝古國的遺族，論律法，朕還得冊封妳為公主，如果當了公主，妳就不能在外邊亂跑，也不能做出有失皇族顏面的事情。妳說，朕該怎麼辦才好？」犽王故作傷神的姿態，口氣裡隱藏著促狹，想試探雲牡丹的反應。

「那就甭冊封啦，當個公主這麼痛苦，那何必當！」雲牡丹像波浪鼓一樣的搖著頭拒絕。開玩笑，不能四處跑那些作業要幾時才能畫完啊，這個冊封封不得啊！

「可是……」犽王決定故作為難傷神的姿態，繼續試探雲牡丹是否真的對於榮華富貴一點企圖也沒有。

「別可是啦，那你就假裝不知道我是誰不就好了。我們來打勾勾！我跟你當朋友，你就別冊封我當什麼公主，我會常常來看你，如何？」雲牡丹伸出手來，要和犽王打勾勾。

雲牡丹就怕犽王不接受她的提議，或者是反悔又要冊封她為公主讓她哪兒也去不了，還是先打勾勾約定下去比較妥當。

「那妳師傅也會跟朕當朋友嗎？」犽王也把手伸出來，但手停在半空之中……遂又收了手，問了一句。眼看雲牡丹那焦急難安的模樣，犽王忍住不笑出聲。

「我師傅喔……這很難說喔，不過我師傅人超好的，他應該會跟你當朋友，可是你整天待在王宮裡，就沒辦法跟我們出去看好戲了。」雲牡丹看著犽王，又想到自己的師傅，心裡想著犽王為什麼會想跟自己的師傅當朋友呢？犽王也知道師傅很厲害嗎？還是犽王很可憐都沒有朋友？

「那如果朕想跟妳師傅當朋友，妳願意幫朕跟妳師傅說說好話嗎？像是當他徒弟之類的……」犽王沒忽略雲牡丹看見自己的手收回去那懊惱的表情，這點小把戲還真是有樂趣啊！平常在王宮裡，有誰膽敢和自己討價還價？

「喔，你想認我師傅當師傅喔，那我不就是你師姊了嗎？可是我師傅說過徒弟有我一個就夠了說……」雲牡丹聽見「徒弟」兩個字很敏感。但是看犽王一直拜託要和自己當朋友，還有自己又喫了犽王那麼多的糕點，有一個師弟好像也不是壞事，就怕師傅嫌麻煩不肯答應啊！

「是啊，這樣不是很好嗎？朕可以照顧到妳，也可以不用顧慮律法的問題，妳說是不是啊？」犽王看出雲牡丹神情當中的猶豫，決定繼續遊說雲牡丹。

「欸？不行！我還不能替我師傅答應你。我可以跟你當朋友，但是我師傅收不收你當徒弟我沒法子答應。」雲牡丹想到師傅生氣的樣子，搖了搖頭否決了犽王想當師弟的提議。

「那朕要哭嘍！妳不答應朕就哭死給妳看……」聊了半晌天，犽王已經摸透了雲牡丹的個性，對付心性如此單純的女娃兒，要無賴她就沒轍了。

「欸？你怎麼可以這麼賴皮，你不要哭啊，你這樣人家不知道還會以為我在欺負你。」雲牡丹看犽王真的哭了出來，手足無措，一時之間也不知道該怎麼辦才好？

「妳是欺負朕沒錯啊，朕為了妳和妳師傅百般著想，妳想想看這天底下有哪個神仙有個帝王徒弟？沒有吧！這樣妳師傅不是會很有面子？妳有個帝王師弟，是不是很與眾不同、很突出、很特別？」犽王像是演戲演上癮了一樣，用著追問不休的口氣，問得雲牡丹啞口無言。

「好啦，你別哭了，你這樣哭哭啼啼的，師傅會很心煩的。待會兒師傅若是以為我欺負你就慘了，我作業都畫不完了。」雲牡丹最怕別人在她面前哭了。看見別人在自己面前哭，不知為何就很難受……

「是，牡丹師姊，朕這就不哭了。來人啊！擬旨，奉天承運犽王詔曰——朕特封藺子狐為帝師，其徒雲牡丹為無憂公主，賜正一品俸祿。」犽王見詭計得逞，當場抹掉眼淚，換了一種口吻，正氣凜然地宣告著。

「欸！你不是說不封我當公主的嗎？」雲牡丹看著變臉比翻書還快的犽王，又聽見自己被冊封為公主，當場傻住。

「牡丹師姊，妳不當公主朕又要哭了喔！」犽王將臉湊到雲牡丹面前，輕聲地威脅著。掌握了雲牡丹的弱點，犽王心底有著說不出的快感，看著雲牡丹啞口無言的模樣，表情實在是逗趣啊！

「好啦、好啦，別哭了，我當公主總可以了吧？再哭我都要煩死了！」雲牡丹別開臉不去看犽王，有種自己好像跳入陷阱一樣的感覺。

拜師和冊封公主如此嚴肅的事情，若世人知道當今五國之首的帝王犽王是用假哭帶戲、半哄半騙的讓雲牡丹接旨，恐怕都會嚇傻了眼。

只可惜這個內幕不會有人知道，史官早就被犽王說服……為了中曇國，早就處處睜一隻眼、閉一隻眼。

而這一份詔書，當然是立馬貼遍中曇國的各處公告。

只是藺子狐這會兒不在中曇國，而是在半路挾持的轎子內。

藺子狐打算假冒西靈國的靈霓裳公主進宮大鬧，豈知這事情的發展根本不在他預期之內……

蘭子狐一直憂心著他心肝寶貝徒兒不知道在中曇國的王宮裡怎樣了？這雲牡丹他放縱慣了，哪裡懂得皇家的規矩，恐怕現在不是捱鞭子就是捱板子了。一想到雲牡丹現在可能哭得梨花帶雨、小臉揪成一團，蘭子狐的心就往下沈了幾分……若雲牡丹在王宮裡受半點苦、喫了半點委屈，他蘭子狐非要讓王宮全毀才甘心！

這狐仙當得這麼任性，普天之下大概也只有蘭子狐了。

犽王心情很好，心情很好的原因就是出在這個雲牡丹身上。

犽王拉著雲牡丹在王宮裡繞來走去，美其名是要讓雲牡丹熟悉環境，實則是藉機闡述身為一個帝王的委屈，好博得雲牡丹的同情。

這王宮繞一圈下來，雲牡丹聽見犽王說著自己不自由又不快樂的生活，雲牡丹聽了就覺得很難受。

她想像著犽王光是如廁、解手都不能自理，原因是需要讓內侍檢查犽王的排泄物，並且記錄，好讓太醫院跟內務府能夠隨時掌握犽王的身體狀況而感到不自在。

「師弟啊，你有沒有考慮過不要當什麼皇帝，離開王宮啊！」試想犽王抬起屁股讓人看小菊花的情形……雲牡丹的臉黑了。

「可不是嘛！師姊，妳一定要幫幫朕唷，妳一定要替朕伸張正義！」犽王見雲牡丹已經完全被自己說服，打蛇隨棍上的喊了雲牡丹一聲「師姊」。

「好！我一定幫師弟伸張正義！」犽王這一喊，也喊得雲牡丹樂飄飄……原來被依賴是這樣的感覺啊！雲牡丹握緊小拳頭，連聲保證要替犽王主持公平正義。

「朕就知道師姊最明白事理了，朕……還要迎娶自己不喜歡的女人當王后，師姊，妳說妳要幫朕伸張正義的唷！」犽王咬著下唇，口氣是百般的委屈。

「什麼！是誰那麼無理？你可是帝王耶！誰敢這麼大膽要你娶你不喜歡的女人？」雲牡丹氣呼呼地追問著。對雲牡丹而言，不能和自己喜歡的人在一起還要跟沒感情的人相處，那是一件非常痛苦的事情。

「就護國聖女嘍！朕不能選擇和自己愛的人……師姊，妳一定要替朕作主啊！」犽王拉著雲牡丹的衣袖，皺著眉、癟著嘴，把所有能夠表現委屈的神情全演在臉上了。

「所以你言下之意，是你已經有喜歡的人了？」雲牡丹只聽見關鍵字，眼神就亮了起來。

「嗯，朕喜歡她，可是朕不能讓她知道朕喜歡她，所以她也不知道朕喜歡她。」犽王神情落寞出神的看著「她」所長駐的高塔。

「所以她是誰啊？」雲牡丹從犽王口中問出真有那麼一個「她」，瞪大眼睛，眼神閃亮亮的盼著犽王趕緊說出「她」到底是誰。

「她叫舒羽，和朕一樣擁有雙眼重瞳，現在的身分是護國聖女的繼任者。」說到舒羽，犽王的心思就飄走了……

犽王還依稀記得自己年幼的時候曾和這位繼任的護國聖女相處過，那小小的身軀裹在褓巾裡，粉粉的臉蛋，小小的紅菱嘴，有時偷啜著手指頭，卻安靜不曾哭泣。那雙和自己一樣擁有重瞳的眼，讓自己幼小的心靈得到撫慰……同時心底也認定了舒羽。

「這位大哥，你喜歡她也要讓她知道啊！不然她怎麼知道你喜歡她？」雲牡丹打斷犽王的思緒，問著。

「朕也不願意隱瞞啊！但是，舒羽是護國聖女的繼任者，就連朕也不是說要見她就能見她。」犽王陳述著心底的遺憾。

「那你有想過要讓她知道你的心意嗎？」雲牡丹想像著那種想見卻不能見的感受，委實難過啊！

「朕有想過，但是朕不知道該怎麼接近她，甚至是表明心意。舒羽若像師姊妳這般直爽，那朕……」犽王嘆了幾口氣。

「師弟，你不要想太多，與其在這兒對著我唉聲嘆氣，你不如想個辦法，找個理由去把舒羽給找過來，我當面替你問問，怎樣？」雲牡丹手插著腰，信心滿滿的認為可以馬上幫犽王解決他的難題。

「師姊，妳對朕真好，可是直接把舒羽找來問，好像有些太直接了。朕會害羞……」犽王說著自己會害羞，倒還真的被自己這個演戲演過頭的說詞給搞得很窘。眼看雲牡丹如此認真地要幫他，心底還真有些感動。

「不要害羞啦，這種事情就是要放大膽才有辦法解決啊，不然你喜歡著她，又不能讓她知道，師姊替你焦急啊！」雲牡丹也不知道犽王在害羞什麼？不過談情說愛好像都要這樣一來一去。雲牡丹記得師傅曾經說過，這叫做欲拒還迎。

「先不說舒羽了，師姊，走了一天妳也累了吧！朕吩咐下去讓妳先好好歇息。等過幾天朕感覺不是那麼害羞的時候，再麻煩師姊幫幫朕，可好？」犽王見天色不早了，決定先就此打住，免得再演下去，自己都快演不下去了。

「欸，真沒想到師弟這麼害羞，好吧！那你要找舒羽表達情意的時候一定要跟我說唷！」雲牡丹伸了一個懶腰，這走一天下來，犽王不說自己還真的覺得有些累了呢！

犽王安排了雲牡丹在王宮裡住下，然而此舉，卻引來滿朝文武百官的臆測，並且上書給護國聖女，請求護國聖女查清楚雲牡丹的身分。

這些上書給護國聖女的奏摺，全到了護國聖女繼任者舒羽的手中。

舒羽冷笑地看著這些所謂陳情的奏摺，奏摺內容明著質疑雲牡丹的身分，暗著是指責犽王罔顧朝綱。這些明來暗去的奏摺看在舒羽眼裡，通通成了朝臣們唯恐天下不亂的最好證據。

舒羽身為護國聖女的繼任者，想的都是如何安撫民心，如何幫護國聖女分憂解勞，然而這一切都是為了犽王。

「舒羽，今兒個有什麼奏摺要請示嗎？」高詠心躺在軟榻上問著。

「姥姥，今兒個沒什麼特別的陳情要事，您早點歇息吧！剩下的書信，舒羽會幫您整理好……」舒羽聽見護國聖女的詢問，用衣袖遮住奏摺，福了福身子，輕聲稟告著。

「唉……沒要事就好。妳把我擱在桌上的奏摺拿去練習批卦，明日再把妳卜完卦的結果跟我報告。」高詠心指著桌案上寫著關於四國公主們的生辰八字交代著。這幾年，高詠心栽培舒羽擔任護國聖女的繼任者，占卜吉凶是最基本的功課。

「舒羽知道了，請姥姥寬心。」舒羽走到護國聖女身邊，幫她拉好薄被，看著護國聖女沈沈睡去，這才收拾桌案上的奏摺後離開。

中曇國佔這片中土大陸地理位置之優勢，四季春光明媚，而王宮內護國聖女所居住的高塔下，溫泉池中盛開著火蓮。溫泉池上煙霧嬝嬝瀰漫著一股淡淡的清香……

舒羽提著裝滿了奏摺的木盒，提步走下高塔，來到王宮內四閣院的大門前。舒羽心想著再過不久，四國的公主們都將為了犽王選后來到中曇國，這四閣院也該吩咐內侍們擇良辰吉時佈置妥當才是。

舒羽推開四閣院的大門，走了進去……四閣院各自有著不同的閣名——玓瓅閣、珷玞閣、瓔珞閣、琮琤閣，每間閣院都出過皇后。

舒羽站在四閣院中心的亭子裡，想像著之後自己將代替護國聖女舉行犽王選后大典會是一個怎樣的情景……只是她不知道犽王是否肯接受護國聖女的安排，迎娶四國中的公主為王后呢？還是犽王還有其他打算？

舒羽從四閣院往犽王居住的瑯琊宮看過去，心底暗自祈禱著選后大典能夠順利如期的舉行……然而，在她心底有個秘密，那是連護國聖女都不知曉的事情。

犽王每日就寢後總是被遠方的狼嗥聲所吸引，夜半總會夢遊晃蕩，每一晚都是由舒羽把夢遊中的犽王送回瑯琊宮照顧到天明。

選后大典過後，自己還能一如往常的每晚陪著犽王遊蕩再將犽王送回瑯琊宮嗎？舒羽顰著眉，手邊那裝滿奏摺的木盒突然像是有千斤一樣的重，沈得讓她不知道該怎麼處理那些陳情奏摺？

翌日，雲牡丹在王宮裡的玨玥宮醒來。又在犽王的刻意安排下，換上象徵公主地位的朝服，這人要衣裝、佛要金裝，換上華麗衣裳後的雲牡丹，確實是立顯尊貴。

但穿不慣這些看似華麗卻笨重的朝服，雲牡丹的小臉，垮了。

嘴底碎碎唸著難怪犽王會不開心，這頭飾那麼重、衣服也笨重，走起路來還真需要有人扶著，不是要傲嬌擺派頭，而是怕跌倒出糗。

雲牡丹頭上插著八支翡翠珍珠金釵，這晃一下除了頭會暈眩之外，還會發出清脆的聲響。耳朵別著翡翠纏金絲的耳環，脖子掛著嵌上夜明珠的黃金長命鎖，手腕掛了快二十只黃金、瑪瑙、翡翠的鐲子和戒指，就連腳上穿的鞋子，鞋面上除了金繡之外，還各別上了一大塊翠綠色的翡翠。

整身的行頭，重達數斤。

根據侍候雲牡丹的女官表示，無憂公主的所有服飾比照犽王辦理，要不是雲牡丹抗拒，頭上還得戴上頭冠，腰際上的腰帶和配飾也應該穿戴上，顯示王族的身分，那麼重量可能又比現在多個幾斤重……

全身金光閃閃的雲牡丹，走到哪兒都備受注目。

這別說逃出王宮，就從犽王親自賞賜的玨玥宮要走到犽王住的瑯琊宮就相當喫力了。

這時的雲牡丹，更加深了心底對犽王的同情。

喫也喫不好，因為喫什麼自己無法決定，再怎麼喜歡喫也只能喫三口。

睡也睡不飽，因為睡覺有人一直盯著看，就連打呼說夢話都會記錄在案。

做什麼都有人監視，這誰會快樂得起來？

這對過慣自在生活的雲牡丹，王宮內的生活簡直就是酷刑，雲牡丹這時開始懷念起山野林間平淡的生活，最起碼可以睡到自然醒，然後耍賴躺師傅的懷裡撒嬌……想著想著雲牡丹紅了眼。

都過一晚了，怎麼師傅還不來？

想到師傅，雲牡丹心底酸酸痛痛的，眼睛癢癢的，頭暈暈的……

穿著一身華麗的笨重，雲牡丹準備要去找犽王商量討論一下，看能不能讓她出宮去找師傅。

偌大的王宮走來晃去，雲牡丹看著前面有大門就衝了過去，豈知那並非是犽王所在的御書房，而是四閣院。

雲牡丹一踏進門就看見兩輛華麗的車輦停在裡頭，而內侍們忙進忙出安頓車輦旁隨行婢女，女官們捧著各式珠寶和綾羅綢緞、鮮花蔬果走來走去。

「犽王好像不在這裡吼！」雲牡丹開口，那原本活絡忙碌著的內侍們和女官們都停了下來盯著雲牡丹瞧。

「無憂公主，這兒是四閣院，您若要找犽王，得去御書房……」舒羽遣退了女官，走到雲牡丹身邊，低聲說著。

「妳是誰？妳怎麼知道我是無憂公主？妳知道犽王在哪兒？那妳帶我去好不好？」雲牡丹睜大眼睛好奇的往四閣院內多瞧了幾眼。

「回無憂公主的話，我是護國聖女的繼任者──舒羽。您也看見了，現在四閣院內忙得不可開交，四國的公主已經有兩位抵達，讓我吩咐女官帶您去御書房找犽王可好？」舒羽看著無憂公主，對於無憂公主怎麼穿得如此盛重感到訝異。但礙於四國的公主們有其中兩位已經抵達，為了避免驚擾到剛抵達的嬌客們，舒羽思量著該怎麼打發無憂公主離開。

「裡頭真的好熱鬧喔！妳就是舒羽啊，昨天犽王還跟我說他很害羞地喜歡妳呢！」雲牡丹根本不管舒羽說了什麼，伸長脖子想看清楚四閣院內到底在熱鬧些什麼？

只是看著看著，雲牡丹看見那容貌，還有那一臉熟悉的似笑非笑，不顧身邊女官的阻止，拉起裙襬，卯足全力的邁開步伐往前狂奔，帶著一身笨重的珠光寶氣倒在那熟悉的懷裡。

舒羽被無憂公主說的「犽王很害羞地喜歡著妳」那句話給震懾住了……任由四閣院內女官們驚呼亂成一片也沒能反應過來。

雲牡丹思師心切，哪裡能想到自己的話讓舒羽芳心大亂，亂到四閣院內馬匹脫韁，車輦倒地，內侍們和女官們尖叫連連，舒羽都還沒回過神。

「師傅！我好想你喔！想到胸口都痛痛的，你再不來我都要死掉了！」雲牡丹窩在打扮成美人的師傅懷裡，早些的難受頓時消散。

「傻ㄚ頭！為師也很想妳，可妳怎麼當了無憂公主了呢？」藺子狐此時假扮著西靈國的公主靈霓裳。

雲牡丹看見師傅，心底頭強撐的堅強瞬間瓦解，緊緊抱著藺子狐，紅著眼眶說著昨日和犽王相處的情況，當然也不忘說到犽王已經昭告天下藺子狐為帝師、自己為無憂公主的經過。

藺子狐看著雲牡丹好手好腳，沒有掉層皮少塊肉，任由雲牡丹鑽在他懷裡竄上竄下，這會兒總算是放下心來。

「師傅啊，你現在可是帝師呢！那你還要假裝西靈國的公主假裝多久？那原本的公主呢？」雲牡丹玩著藺子狐頭上誇張的髮髻，問著。

「這真是一個好問題，原來的公主被我關在山上，現在八成還在昏睡。另外兩個被困在半路上，一時半刻也來不了。我本來是計劃和淼隨著和親隊伍進宮大鬧一場，然後把妳帶走，但現在好像又不需要了。」

藺子狐伸手把雲牡丹頭上插著的八支翡翠珍珠金釵給拆下來，用手攏了攏雲牡丹的髮絲。接著也把雲牡丹身上其餘叮叮咚咚怎麼看都嫌累贅的飾品也給一一卸除。

「師傅真是厲害！我是覺得綁架公主也算好事啦，反正犽王又不想跟她們結婚。誰當王后都一樣，只要不是舒羽，我想犽王也不想娶吧！」雲牡丹身上少了笨重的束縛，開心地摟著藺子狐。才一天未見，怎麼覺得師傅愈來愈漂亮了？

「說得妳好像很瞭解犽王？為師現在又想大鬧一場了……」藺子狐聽著雲牡丹嘴裡犽王長犽王短，心底很不是滋味。

犽王聽見通報知道雲牡丹誤闖四閣院的事情，也知道四閣院亂成一片，但對舒羽卻沒有任何表示而感到疑惑。

聽說西靈國的公主靈霓裳是出了名的美人，人有多美犽王不知道，可聽內侍說起雲牡丹和西靈國公主十分交好，一見面兩人就窩在四閣院內的玓瓅閣談天說地……犽王因此對這位以美貌而聞名的西靈國公主多了幾分好奇，也想親自去看看到底是什麼場景能讓舒羽亂成一片卻沒有任何表示？

於是，犽王派內侍準備些糕點，以慰勞公主們長途跋涉之名前往四閣院。

這四閣院也是一處座落在四個方位上的建築；東面是珷玞閣，南面是琮琤閣，西面是玓瓅閣，北面是瓔珞閣。

舒羽看見犽王遠遠的走過來，不知為何下意識地想躲藏，興許是因為早些時候聽見無憂公主說的那句話的緣故吧，她提著步伐匆匆踏出四閤院。

犽王看見舒羽匆忙離去的背影，苦笑在心底。可這抹苦笑沒能停留太久，當犽王看見西靈國的公主時，時間像是靜止了。

不！應該說是所有人的目光都停留在靈霓裳公主身上。

那嬌媚還有勾魂攝魄的眼神，婀娜多姿的身影以及脆如夜鶯的聲嗓……犽王也迷醉了。

而雲牡丹看著犽王愣頭愣腦呆掉的模樣，忍著笑。

「不知犽王有何指教？」藺子狐看著犽王呆呆站著不出聲，口氣不耐煩地問著。

「朕，失態了，還望霓裳公主見諒。朕聽內侍說起，霓裳公主似乎和無憂公主一見如故啊！」犽王斂了斂神色，開口試探性的詢問著。

「與其說是一見如故，不如說是因為藺子狐的關係，所以本公主和牡丹……也算熟識。」藺子狐沒有忽略犽王眼神中那抹一閃而逝的精光，故意用著散漫的口吻回答。

「聽霓裳公主這麼說，似乎是與朕的帝師熟識。敢問公主，帝師現在人在何方呢？無憂公主想念帝師想念得緊啊！」犽王從霓裳公主問答的態度，又看著雲牡丹賴在霓裳公主懷裡的姿態，心底對於眼前這一位「霓裳公主」起了懷疑。

「是說犽王為何會突然宣佈藺子狐為帝師呢？或許他根本不想當帝師？犽王又是冊封

藺子狐為帝師又封牡丹為無憂公主，這又是為何呢？」藺子狐用著挑釁的神情看著犽王。

「因為朕確實是需要一位有遠見的帝師，過去人們都太依賴護國聖女，當今護國聖女年邁，朕找個帝師又有何妨？」犽王對於眼前美豔的「霓裳公主」真實身分，心裡已經有了底。

「眼下不正是犽王您選后的關鍵時刻？選在此時冊封牡丹為無憂公主又是什麼意思呢？是要和高詠心作對嗎？」藺子狐知道此話一出無疑就是在暴露自己的身分，但和犽王說話高來暗去，藺子狐也沒打算和犽王繼續耗下去，要不是另有目的，隨時都能拍拍屁股帶著雲牡丹走。

「妳不是霓裳公主？敢問妳可是帝師藺子狐？」

「我確實不是霓裳公主，我也沒打算當你的帝師，我這次假扮霓裳公主進宮除了是想大鬧一場之外，就是要找高詠心拿能夠解開雲牡丹身上百年血咒的火蓮子。」

「妳……」犽王眼神中閃過一絲慌張，因為身邊的內侍和女官不知在何時已紛紛倒下。

而這時，焱所假扮的北霧國霧夕雪公主也踏入玓瓅閣。

「犽王不用如此緊張，我只是讓這些人都先睡了一下而已……」藺子狐看著焱，語氣裡多了幾分漫不經心。

玓瓅閣內藺子狐笑得邪魅，雲牡丹看起來無辜，焱則是從容優雅的冷漠，氣質如此懸殊的三個人湊在一起，竟也讓犽王又從慌亂中感嘆上天的不公。

「犽王，你只要答應我幾件事情，我藺子狐包準犽王這一世地位無憂無慮。」藺子狐蹺著腳，口氣狂妄地說著。

「不知帝師要朕答應您什麼？」犽王看著藺子狐終於承認自己身分，抿著嘴淺笑問著。

「放心，我不會做太過分的要求……」藺子狐湊在犽王耳邊，細細瑣瑣地說著。

只見犽王的表情一變再變，但最後卻笑開了眼。

「朕准了妳的要求，不過妳們也該以真面目示人了吧！」犽王實在是好奇這假扮霓裳公主的藺子狐的真實樣貌。

「不！不！不！犽王，所謂的真面目那也不過世人皮肉相，最重要的，犽王你要知道，掩人耳目這一回事呢，還是貫徹始終得好。不知犽王有何請求，說出來，我也會儘量替你達成。」

「朕想廢除選后制度，迎娶舒羽為后！」

「那有什麼問題，這只是小事一樁啊！不過犽王可要配合我們好好演一齣戲，說不準兒犽王還會有其他意外的收穫呢！」藺子狐媚笑著，想著接下來會發生的事情，他怎樣都掩飾不了內心的雀躍。

第八章　伊人傷悲難落淚

舒羽站在護國聖女面前，氣都不敢多喘一下，原因無他，光是面對著一臉怒容的護國聖女，舒羽就算有委屈也不敢吭聲。

「舒羽，聽說今日妳在四閣院，失儀了？」高詠心閉著眼睛，聲調緩慢卻嚴厲。

「姥姥，對不起！」舒羽低著頭，大氣都不敢多喘一下。回想那四閣院馬匹脫韁，車輦倒地……自己當時被無憂公主的一句話給愣住，站在四閣院外，眼睜睜的看著四閣院內亂成一片。

「對不起？妳擔得起這三個字嗎？妳真的知道自己錯在哪裡嗎？」高詠心睜開眼，看著自己一手拉拔、栽培的舒羽……自己教育她的穩重得體去哪兒了？

「姥姥，舒羽願意領罰。」舒羽跪下地，深恐護國聖女繼續追問下去，寧願領罰也不想讓護國聖女知道今天四閣院裡的情況。

「選后大典是如此重要的事情，我將這個重責大任交付予妳，是信任妳。這個信任，同時也代表著當今天下黎民蒼生。身為護國聖女的繼任者，妳應當要有自覺，不管是對是錯，妳的一言一行都時時刻刻被別人放大關注著。只要妳有一點缺失，那對妳都是致命傷，不管是否接任護國聖女，妳都已經不是妳自己……」高詠心從軟榻上站起身，走到窗櫺旁往外看，那中曇國都城的景象放眼面前，只是自己還能看著這繁華多久？

「舒羽知道，護國聖女是屬於全天下的黎民蒼生。」舒羽伏在地上，像是背誦一樣的把話說了出口。

「妳知道就好！護國聖女要當人們的典範，今日妳失儀了，他日妳是要如何解釋？傳聞和醜聞會如影隨形，妳又要如何服眾？」高詠心看著眼前的榮景，想起自己這麼多年來的戰戰兢兢。身為代理護國聖女，自己肩負的重責和心裡的苦又有誰能體會？

「姥姥，舒羽知錯！」舒羽伏在地上，鼻尖冒著汗水。雖然拚命認錯並不能解決問題，但至少能讓護國聖女把焦點聚在自己身上，別懷疑到其他人就好。

「知錯就好，遇到問題就是要面對、要處理。起身說吧，今日為何失儀？」高詠心轉過身，把伏在地上的舒羽叫了起來。

「姥姥，舒雨不願辯解些什麼，舒羽現在只想好好的把選后大典處理好。」舒羽貝齒咬著下唇，顰著眉說道。

「不想說？那我問妳，無憂公主又是怎麼回事兒？為何有這麼多朝中大臣上書彈劾犽王妳卻瞞我？」高詠心拉高聲音，那拔尖的質問在高塔內迴盪著。

「回姥姥的話，犽王冊封的無憂公主人如其名，恬淡無憂，就算犽王日後想冊封無憂公主為皇貴妃，舒羽也覺得應當樂觀其成。朝中大臣之所以彈劾犽王，不外乎是選后選妃在他們眼裡也是國家大事，可對犽王而言這是他的私事。」舒羽眼神飄忽，說出一個還算合情合理的回答。

「妳倒是了解犽王啊！」高詠心冷笑了幾聲。

「舒羽以為犽王登基三年多，舉國富庶，可朝中大臣仍多次質疑犽王，這個舉動，不可取。」舒羽深呼吸了幾口氣。斂了斂神色，輕聲卻堅定的把自己的想法說出口。

「好一個不可取！今日妳幫犽王說腔，他日妳就要為犽王而死……妳和犽王都是我一手帶大的，犽王那性子，我心裡自然是清楚。可妳，舒羽，人們對妳的期待遠遠大過於犽王啊！妳應當更莊重、更謹慎，甚至要和犽王撇清關係，否則任誰都會質疑護國聖女的公正。」高詠心走到舒羽面前，拿起袖中的密摺甩在地上。

「舒羽明白，但是朝中大臣的指控也並非事實，舒羽不願犽王被扣上莫須有的罵名。」舒羽看著地上密摺……護國聖女嘴巴上說信任她，可卻拿著密摺來盤問她。還真是信任啊！

「好！既然妳說朝中大臣的指控是莫須有，那麼今天朝臣彈劾犽王治國不力，就由妳來證明朝臣的上奏是子虛烏有。密摺裡有一封陳情，妳去盤查都城賀家所發生的事情，來龍去脈我都要知道。妳想挺犽王，也要有本事才行。」高詠心呷了一口茶，從袖口掏出其他密摺看著。

「舒羽明白。」舒羽蹲低身子，把密摺撿了起來快速的看過去。雖然護國聖女的職責繁重，但也沒繁重到連百姓的家務事都要盤查。看來自己還得先搞清楚這個賀家是什麼來歷，為何護國聖女會挑這件事情在這個時候要她去查辦？

「還有，犽王選后一事攸關五國之間的和諧，不管犽王怎麼想，從四國的公主們當中挑選王后是慣例。妳就多留意，看犽王和哪國的公主走得近一些……知道嗎？」高詠心看著舒羽臉上那從容冷漠的神態，心底著實滿意舒羽的反應。這種表情才是平日教導舒羽，護國聖女該有的樣子，態度清冷些，才能突顯高貴。

而護國聖女和舒羽的對話，也一字不漏的傳到犽王耳裡。犽王早早就把護國聖女身邊的女官，換成自己人。而此時，御書房內，除了犽王之外，還有藺子狐……

對於護國聖女，犽王有著很深的不信任。

有些人就是擅長玩兩面手法，表面上是高詠心一手將犽王帶大，但事實呢？犽王從未質疑過自己被親生母妃拋棄的事情，直到登基後，命令史官翻閱宮史，犽王這才知道自己的母妃，當年是如何的飽受屈辱。

中曇國宮史，姚王卷，選后篇記載——

東霽國的公主霽玉漱，因為選后大典而來到中曇國，卻竊聽護國聖女和朝中大臣商討國家大事，品德堪慮，故，從王后人選除名之……

然而當時犽王的母妃到底竊聽了什麼樣的國家大事？宮史上並無記載，犽王還私下盤問了留在王宮內退役的老女官，才進而得知其他關於自己母妃的事情。

當年霽玉漱被護國聖女從王后人選當中除名，卻因姚王堅持，用高額的供養金斡旋，最後護國聖女同意讓姚王冊封霽玉漱為皇貴妃。只是在皇貴妃產下皇子後，護國聖女有恐日後姚王不好掌控，挾走皇子帶在身邊撫養，而皇貴妃則遭到囚禁，最後喪失神智被以有失皇家顏面為由，遣送回東霽國。

而高詠心收取高額供養金一事，更是令犽王不齒……高詠心為了讓人們更相信護國聖女的威信，豢養了不少細作、密探，藉此掌控五國發生的大大小小事情。這高額的供養金中，更包含了從四國當中選后的斡旋金。哪一國的君王願意提供高額的供養金，該國的公主就會被高詠心內定為王后人選。

「所以說，抵制高詠心就是你冊封牡丹為無憂公主的原因？」藺子狐看著犽王攤在桌上的宮史，嘴裡發出嘖嘖的聲音。

「是的。朕想廢掉選后制度，也是不想讓高詠心再用選后斂財豢養她底下的密探和細作。一手鞭子，一手糖果，先奪走我的母妃，再來給我母愛，如此歹毒的心機是要朕如何面對？」犽王語氣沈重。花了三年多的時間才找到自己被母妃拋棄的真正事實。然而事實是如此的殘酷……

「欸！據我所知，護國聖女收取大筆供養金是過往就有的陋習，那是因為過往的護國聖女皆為雲朝古國的人，復國嘛，要錢啊！只是讓高詠心當上代理護國聖女之後，這個收取供養金的用途就變質了而已……」藺子狐看著犽王桌案上關於護國聖女的各種情報，心想著犽王也不是省油的燈。

「敢問帝師，護國聖女真的有存在的必要性嗎？」犽王看著藺子狐，急切地想知道藺子狐的回答。

「欸！我先申明一下，是你自己要封我為帝師的，我可還沒承認你是我徒弟。其次是，你這個問題我無法回答你。」藺子狐蹺著腳，呷著茶，瞅著犽王看。

「為什麼帝師無法回答朕這個問題？朕不認為現今天下五國還需要護國聖女維持和諧。國與國之間可以貿易通商往來，可以簽定邦交協議……為什麼還要護國聖女居中斡旋令其得以乘機斂財？」犽王說到激動處，還衝到藺子狐面前揪著藺子狐的衣襟，問著。

「你會這樣想，那是因為你是帝王。但你可有想過百姓們需不需要護國聖女？還有百姓為什麼需要護國聖女？」藺子狐把身體向後傾，輕輕的撥開了犽王的手說著。

「是因為信仰嗎？難道朕身為一個帝王卻不被百姓信任嗎？」犽王臉上掛著頹喪的神

情，倒臥在軟榻上。

「我覺得你的努力用錯地方！你大可以選擇跟高詠心合作，締造一個太平盛世。可你現在選擇和她作對，你是為了誰？為了你自己嘛！你滿腦子想著你不信任她，你要報復她。所以不是你不被信任，而是你太執著於針對高詠心。」藺子狐用手托著下巴，看著還想不通透的犽王。

「朕……確實是沒想過。」

「你還年輕，見過的世事也還算少。等你活了一定的歲數，經歷過大大小小的刺激，多去感受挫折，那麼你今日的言論又會有不同的體會。抱怨和憎恨對於面對問題和解決問題是一點幫助也沒有。」

「那麼帝師對朕有何期許？」

「說期許倒是沒有，是希望。希望你能站在不同的角度和立場去思考，今天如果你是高詠心你會怎麼做？今天如果你只是街邊的乞丐你又會怎麼做？很多時候換個想法，觀感就不同了。你生在帝王家，能想的自然是有限的，你能想像父女亂倫的場面嗎？你能想像為了活下去把自己賣到大戶人家當小妾的決心嗎？當明君？這是笑話。你是一個怎樣的人自然有後世的人們替你傳頌，你能做的，也只有把握住當下。身為一個帝王，你能做些什麼。」

「今日與帝師談論一番，朕知道自己想錯了。」

「知道就好，想要改變永遠都不嫌晚……那你現在有何打算？」

「朕希望帝師能成全朕，收朕為徒。」

「我收你當徒弟做什麼？我已經有徒弟啦！更何況你當你的帝王我當我的狐仙，根本沒有交集。」

「可是朕除了當帝王之外，還想得道成仙呢？」

「喔，這又是天大的誤解了！我跟你說，得道成仙真的是一件很無趣的事情。你好好當你的帝王就好，根據我的經驗談，當了神仙之後，要煩惱的事情就更多了。想我當初去註冊位列仙班啊，不誇張，成仙條件跟規則足足有一尺這麼厚，當狐仙比當個小狐狸還要不自由。」藺子狐齜牙咧嘴對著犽王凌空揮手比劃著……那個讓他回想都很頭痛的神仙規則備忘錄。

「既然帝師這麼告誡朕了，朕自然會依照帝師的吩咐好好當個帝王。只是……朕還有一事相求。」犽王看著藺子狐，就想到了雲牡丹。不知道藺子狐是不是和雲牡丹一樣，生怕見著別人耍無賴呢？沒看過狐仙跳腳啊！不知道那又會是什麼情況？

「只要不是跟我說你要拜師成仙，其他都好商量。」藺子狐抹了抹額頭上的汗，呷了一口茶順順氣，氣定神閒地看著犽王。

「朕曾說過要娶舒羽為后，但朕更想娶雲牡丹為皇貴妃，不知帝師可否成全朕呢？」犽王已經開始想像藺子狐拍桌叫罵的樣子了。只是這話問出口，藺子狐怎麼沒有跳起來拍桌呢？

「欸！犽王，你是在說笑吧！」藺子狐把茶水噴了出來，抹了抹嘴，故作鎮定的問著。

「帝師為何會認為朕在說笑呢？難道帝師看不出來朕對雲牡丹的用心嗎？」

「看不出來！完全看不出來……我再說一次，犽王，你是在說笑吧！是吧！」藺子狐的表情瞬間變得駭人，九尾顯露出來，凌空甩著。

「經過這兩天的相處，朕覺得雲牡丹性格不錯，又是雲朝古國的人，也算血統純正……雖然只是皇貴妃，但朕認為不會有人有意見才是。更何況朕相信，朕一定能幫帝師分憂解勞。牡丹待在王宮裡，衣食無缺之外，朕也會好好善待她，帝師隨時都能進宮探望皇貴妃和朕，這樣不好嗎？」犽王像是沒看見藺子狐變臉後的表情一樣，逕自說著。

「哪裡好？一點也不好！曇雋！你是喫飽太撐嗎？還是你想氣死我啊！你都有王后人選了，還想要我心肝寶貝徒弟當你的皇貴妃！」藺子狐的怒氣讓御書房內像是地牛翻身似的搖晃著。

「看來帝師還真寶貝牡丹啊！」犽王沒有被這搖晃給嚇到，臉上掛著促狹的笑容，睇著眼看著藺子狐。

「寶貝！當然寶貝了！想我還是狐狸的時候也沒奶過孩子，反而是成仙之後自以為可以樂逍遙，卻開始帶孩子。你要知道啊！帶孩子可不是容易的事情，孩子會哭、會笑、會尖叫、會到處亂爬、會流口水……把你搞到抓狂之後，孩子卻睡著了。你想生氣，但是看到那張安詳的睡臉，心又軟了。想我當初，一直認為老天爺一定是看我過得太爽，所以才扔了雲牡丹給我，讓我明白生命到底是怎麼一回事兒。你想要我把牡丹交給你，作夢吧你！」藺子狐氣呼呼地說著，無視犽王那張嘴臉。

「可是帝師啊，牡丹年紀也一十有七了，難道你沒想過要幫牡丹找一門好親事嗎？朕也不差啊，牡丹當了朕的皇貴妃，朕會好好善待她……」犽王像是惹藺子狐不快惹上癮似兒，繼續火上添油地說著。

「牡丹幾歲又怎樣？她嫁不嫁人關你屁事！不要以為你是帝王就能隨心所欲，你膽敢對牡丹起歪念頭，我第一個就扭斷你脖子！」藺子狐手放在桌案上，出不到一分力，那玉石鎏金雕刻著龍紋的桌子就裂開了。

「帝師又何必如此惱火呢？牡丹再怎樣是您的心肝寶貝徒弟，但她還是人啊！您是狐仙她是人類，難道帝師捨不得把牡丹交給朕，是另有打算？」犽王挑著眉，略帶挑釁地看著藺子狐，沒有錯過他眼神中閃過的一絲複雜。這和犽王預期中的反應沒有多大的出入……

「我有什麼打算那也是我的事情，輪不到你替牡丹操心！牡丹是我的……寶貝徒弟！」藺子狐用力吼著，然後氣呼呼的走出御書房。

犽王看著藺子狐離去時那僵直的背影，笑著。而犽王身邊的史官，提筆快速的在書卷裡寫下——

中曇國宮史，犽王卷，帝師篇記載——犽王，姓曇名雋，十八歲時與帝師在御書房內相談欲索妻……遭帝師嚴厲拒絕。帝師，藺子狐，為登記有案的掛牌狐仙，本有一徒雲牡丹，為雲朝古國的繼承人。帝師雖不承認犽王為徒，亦不否認。

藺子狐離開御書房後本想走回四閣院，只是愈想愈氣，可這生氣氣不過一刻鐘，因為另外還有要緊事兒要交代犽王去辦。藺子狐黑著臉，又返回御書房。

「帝師，您改變心意了嗎？」犽王看著一臉陰鬱的藺子狐，淺笑問著。

「改變你的頭啦！我是來交代你重要事情的！」

「帝師請說，朕自當鼎力完成帝師的吩咐。」

「犽王，你可知道雲牡丹的真實身分？」

「知道，朕當然知道。」

「那你可知道雲牡丹有可能會生下戰禍五國的戰神，接著難產而死？」
「這朕也知道，但是讓中疊國一統天下，也沒什麼不好，不是嗎？」
「你不怕得天下罵名，但我可不想讓雲牡丹活受罪。你不是喜歡那個護國聖女繼承人嗎？我幫你搞定她就是了，少打雲牡丹主意！」
「帝師真是疼愛牡丹啊，朕好生羨慕呢！」
「羨慕個屁！那個舒羽現在奉高詠心的命令正在調查都城賀家，我幫你扳回一城。如何？」
「願聞其詳。」
「都城賀家的當家是賀黃耆，此人以販賣春藥為生，對於朝中大臣是出錢出力。當然給高詠心的供養金也不少……而這個人呢！又無恥到了一個極點，妻子亡故之後，他拿自己的親生女兒試藥、洩慾。你說該怎麼辦呢？」
「帝師可有證據？」
「這種事情說要證據當然是有！來！這一份是牡丹的作業，上頭畫的都是都城百姓的……私生活，其中當然也有賀黃耆。只是這件事情你得小心辦妥，先找畫工大量複製，女主角的面容留白，讓其他人想像。」
「不知帝師用意為何？」

「聽我的話準沒錯，你就等著賀黃耆跳腳，然後那個舒羽自然會來質問你，屆時你再拿出牡丹的畫給她看。至於該怎麼辦，你讓她去苦惱就好。」

「可是這麼做，朕不就是給舒羽找麻煩？」

「是找她麻煩沒錯啊！你不找她麻煩，她又怎會知道你很有辦法！你好歹也是一個帝王，就算是裝裝樣子暗中協助她查案，她沒道理不相信你啊！更何況你不是想娶她嗎？討女人歡心那是追求當中最基本也不過的事情，知道嗎？」

「帝師所言甚是。」

「順便讓高詠心知道，不是她才有管道知道這些事情。這天底下烏鴉一般黑，她只知其一卻不知其二，讓她受點教訓也好。她以為我不知道她這個護國聖女的位置是怎麼來的，百多年前要不是我那個無良師傅暗中幫助，這個世界上早就沒有護國聖女了。」

「聽帝師所言甚有感慨？」

「也不至於感慨，只可惜你沒見過雲姚芝……我在還是九尾狐的時候見過幾次，那才叫做護國聖女嘛！容貌百年未改，雲朝古國的女人向來長壽，只可惜……太嗜血又太好戰。唉！先不說這些了，你先把我交代你的事情去辦妥了，接下來再從長計議！」藺子狐說到嘴乾了，端起桌上一杯茶優雅的呷了幾口。

「朕會把帝師的吩咐仔細辦妥的！」犽王看著藺子狐站起身來，轉個身，瞬間又變成了霓裳公主的樣貌，踩著盈盈蓮步離開御書房。

自從犽王在御書房和藺子狐相談之後，犽王就刻意常到四閣院內走動，為的就是要黏著藺子狐所假扮的西靈國靈霓裳公主，朝中大臣把這個消息當作是指標，頻頻與西靈國接觸。而舒羽則是奉了護國聖女之命，出宮去調查賀家雙千金失蹤一事。

舒羽每日出宮進宮，對於犽王的消息仍是一手掌握，知道犽王有屬意的帝后人選，心底雖然沒來由的落寞，但也衷心地希望犽王能擇自己所愛。

只是心底酸酸的。

只是眼眶常常泛紅。

只是夜裡總常潰不成眠。

只是不願聽見女官或內侍談論起犽王和西靈國公主的事情。

只是不願看見犽王和西靈國公主出雙入對。

心底所想的，和表現出來的……成了兩回事兒。

舒羽覺得困惑，這樣的自己，到底是不是病了？

而另一方面調查賀家雙千金失蹤一事護國聖女又催促得緊，時常一天問起三五回，舒羽除了要幫護國聖女消化公文，還得犧牲休息時間找人。

這個時候除了感覺到時間不夠用之外，更感到無力。

那種自己很無能的感覺像是熱浪拍打在臉上，一陣又一陣。

更別說還要張羅犽王選后的進度，皇室大婚需要採買的東西，以及要遵守的禮節都相當繁重，像是大婚前後的祭祀大典，就得派人修繕都城內外所有的廟宇，還有因為大婚不免的擾民，也得派官員進行輔導。

更別說皇室大婚前後百日民間不得舉辦婚喪喜慶……諸多細節也是得讓舒羽一手操辦。

舒羽很累。

那是心底的累。

怎麼之前還能樂天的以為自己能把所有的事情辦妥？

舒羽的疲倦犽王都看在眼裡，懷裡摟著由藺子狐所假扮的西靈國公主，用著不甚確定的口吻無聲的問著藺子狐：「這樣，好嗎？」

只見藺子狐轉動腰身，用著甜嗲的嗓子和犽王在剛從宮外返回王宮後，前來四閤院內視察的舒羽面前打情罵俏。

舒羽看見這一幕，心底像是有什麼東西，碎了。

咬著牙，一臉冷漠蒼白的從犽王面前經過，連行禮都省略了，故作堅強的走出四閤院。

「帝師，這樣好嗎？朕看舒羽，似乎快撐不下去了。」

「急什麼？這種事情就是得慢慢刺激才能看見效果啊！你不讓她自己發覺自己的心意，她又怎會接受你的感情？不跟你說了，我要去找牡丹去……」

犽王看著像花蝴蝶一樣的藺子狐，若不是親眼見著帝師在他面前變身，還真難相信這樣的尤物會是個狐仙所假扮。

犽王雖然對藺子狐百般信任，但是看見舒羽剛剛的失態，犽王捫心自問是否做得太過火了些？

「師傅啊，您當真要撮合犽王跟那個冷面女喔！」雲牡丹喫著糕點，口齒不清地問著。

「是啊，妳覺得不好嗎？」藺子狐用手指撫弄著雲牡丹的髮絲，忙著幫雲牡丹那一頭柔順換新花樣。

「可是那個冷面女真的對犽王有意思嗎？我看冷面女整天忙進忙出的，好像也沒時間注意到犽王啊！」

「傻孩子！妳還小，等妳再大一點就會知道，人的情緒是有多麼微妙。為師只需要稍加刺激一下，讓他們知道彼此真正的心意，這樣不是很好嗎？」

「可是師傅啊，那個冷面女可是護國聖女的繼任者呢！聽說她之後的權勢不比一國之君差……」

「那又如何？權力跟地位是換不到真心誠意的。愛情這種玩意兒，任誰都得遭遇個一回兒。」

「那師傅遭遇過嗎？」

「欸！師傅是狐仙，狐仙有豁免權。」

「師傅好厲害啊！」

「那還用說……不過牡丹啊，妳沒事就離犽王遠一點，這小子雖然是帝王，但一點帝王的智慧都沒有，天曉得他會不會追求不到舒羽轉而追求妳。前些時候他還說要封妳為皇貴妃，真是一個搞不清楚狀況的帝王！」藺子狐突然想起犽王在御書房內的言論，趕緊出聲告誡著雲牡丹。

「封我為皇貴妃？那我豈不是整天都要像那個冷面女一樣？我可不要！」

「當然不要啊！等犽王大婚過後為師就帶妳去北霧國避避風頭。」

「師傅啊，那焱呢？」

「焱的事情我管不著，生命自然會找到屬於他的出口。焱自願用火狐之息搭救賀茯苓、賀芙蓉，那他就得自己去面對殘局。」

「那水無月呢？」

「一件事情一件事情慢慢來嘛，為師只是一個小小的狐仙，又不是有三頭六臂。」藺子狐摟著雲牡丹，用手指拂去雲牡丹香腮嘴邊的糕點屑。

「師傅啊，我們還要多久才能離開啊？」

「為師剛剛不是說過了嘛，等犽王大婚過後。」

藺子狐看著雲牡丹，他這個傻傻的傻徒弟，雖然只是一個小女娃兒，但是經過一番細心打扮，倒也是個美人胚子。

這也難怪犽王會想留雲牡丹在宮中，這雲牡丹現在才十七歲就出落得如此水靈，成年之後還得了？

藺子狐一方面覺得為自己養育的雲牡丹出落得如此標緻而驕傲，又擔心雲牡丹的美貌會讓雲牡丹遭到不必要的麻煩。

關於紅顏禍水這一回事兒，藺子狐是沒放在心上，但是他心肝寶貝徒兒若有個閃失，他可能會抓狂。

相較於藺子狐擔心犽王和雲牡丹的事情，化身成為北霧國霧夕雪公主的焱也有著煩惱。

進宮多時，不知道賀茯苓在春滿樓是否住得慣？

也不知道賀芙蓉的藥性到底解了沒有？

小翠能不能把他們三個人照料好？

賀黃耆會不會逮到他們三個藏身在春滿樓？

聽說護國聖女非常能幹，已經派遣繼任者外出查訪賀家雙千金失蹤一事兒，會不會有人貪圖舉報獎金而揭發他們的行蹤？

焱的煩惱甚多，又屢屢找不到機會和藺子狐商量。

而伺候霧夕雪公主的女官們也在暗自焦急。

人家西靈國的公主動作頻頻，甚至已經和犽王出雙入對，但霧夕雪公主卻整日待在四閣院內，不是嘆氣就是沈思，對於選后一事一點也不上心。

「夕雪公主，現在外頭花開得很美，您要不要移駕到外頭賞花？」

「甭了！」

「夕雪公主，請恕奴婢多嘴，您整天待在屋子裡對身體也不好，出去走動走動曬點太陽身體才不會乏了。」

「妳們是希望我和犽王來個御花園不期而遇吧！不用了，本公主不需要這樣去阿諛諂媚犽王。」

「夕雪公主，您畢竟是來中曇國參加選后的，還是……積極點好。」

焱之所以假扮霧夕雪公主，全因當初答應了藺子狐，但進宮之後知道雲牡丹平安，算算日子也過了好幾天，焱一心懸著賀茯苓，而在春滿樓的賀茯苓同樣也擔心著焱。

人對於不確定的事情就是容易充滿擔心，這種擔心會影響情緒，甚至是蔓延、擴大成為一種壓力。賀茯苓在焱和藺子狐一走之後就病倒了，小翠生怕賀茯苓有個什麼閃失不好對胡姬交代，但又怕上門看診的大夫會走漏風聲，左右為難之際只好把賀茯苓裝扮成青樓女子好讓大夫看診。

這大夫年紀說大不大，說小不小，平日沒什麼休閒嗜好，就是愛杯中物。

小翠忙著請大夫喝酒，又請大夫對看診病患的病情予以保留，但幫忙請大夫的春滿樓嬤嬤可急死了，生怕是小翠身體哪裡不舒服不敢明說，只好每日送上各種強身健體的補品。

小翠待在春滿樓也好一陣子了，最近最忙的事情不過就是照看三個人而已。但這三個人病的病、虛的虛……大夫來了三趟，也讓他們喫了不少湯藥，卻仍未見起色。小翠心底焦急又不知如何是好，尤其是水無月。

對水無月而言，春滿樓的記憶是晦澀的。

一想到曾經在春滿樓和三個姑娘尋歡，水無月就感到羞愧，這年頭，男人變得比女人還看重貞節？這是笑話。

但賀芙蓉昏迷不醒，賀茯苓虛弱無法下床，這都讓水無月憂慮，更別說是看見小翠焦急的神色。

不知是誰說過婊子無情？

就水無月看來，眼下的小翠才是一個有情人。

自己也不過是自小和賀茯苓訂過娃娃親，說喜歡也不是，說討厭也沒有。

可現在呢？

現在必須跟之前自己避之唯恐不及的賀芙蓉結婚，還要含笑祝福賀茯苓找到真愛，這真的是自己嗎？

小翠雖然不知道這三個被寄養的人到底是什麼關係，但從他們的零互動也不難察覺，這三個人擺在一起絕對不是什麼好事，只是胡姬的請託小翠也不好違背，只得數著日子希望胡姬能早日找到牡丹，快快把這三個人送走。

這一日，大夫來過了又走。

說賀茯苓患的是心病，又說賀芙蓉的病症離奇，也說起最近都城內的各種消息——像是犽王要選后，據說西靈國的公主最有機會脫穎而出，又說都城不平靜，好幾戶人家的閨女失蹤。

小翠心底涼了半截，閨女失蹤？

這三個人怎麼看都不像是尋常人家的孩子，窩在春滿樓確實也是不倫不類，這會兒要是官府查緝，到底該怎麼解釋才好？

小翠的擔心和賀茯苓日益虛弱的氣息成正比，而水無月每天拿著一碗清水幫賀芙蓉和賀茯苓擦拭嘴唇維持最低生命跡象，就在水無月也感到絕望的時候，焱出現了。

「找到牡丹了嗎？」小翠看見豔姬出現，急切的問著。

「找到了，不過還得委屈小翠姑娘，讓他們在春滿樓多待幾天。胡姬說現在都城內亂哄哄，得等犽王大婚過後，才能離開。」焱終究還是放心不下，施展妖術把四閣院內的婢女催眠過後，趕緊溜出王宮前來春滿樓。

賀茯苓看著自己朝思暮想的焱出現，心病頓時好了一大半。

但是又看見焱和小翠說話輕聲細語的模樣，心中頓時一把無名火竄出。

明知道這種情緒是多餘的，但是連日來的焦急、不安、恐懼讓賀茯苓實在是無法冷靜。

賀茯苓掙扎地爬下床榻倒臥在地板上，眼淚不聽使喚的流著……但焱沒看見。焱偷跑出宮只是為了來瞧一眼，交代完小翠之後又匆匆離去。

賀茯苓很怨，同時心裡也很痛，為什麼自己要愛上一個如此無法確定的對象？為什麼他來去匆匆？為什麼他沒有來哄一哄自己卻對小翠說話輕聲細語？為什麼自己得待在春滿樓癡癡的等著？

賀茯苓殘存的體力就在內心小劇場演完之後消耗殆盡，昏厥過去。

焱站在春滿樓外，看著賀茯苓昏過去。但他因偷溜出王宮並未知會藺子狐，只能按捺下無奈飛快趕回王宮裡去。

返回四閤院，焱的雙腳才剛落地，藺子狐的聲音就在身後響起——

「偷溜出去啊！」穿得一身華貴、扮演著西靈國靈霓裳公主的藺子狐，一見行色匆匆的焱，出聲質問。

「放心不下所以過去看看。」焱看著藺子狐，轉個一圈變成了北霧國的霧夕雪公主。

「看過之後有比較安心嗎？」藺子狐拿起桌案上的珠釵，幫忙焱打點一身行頭。

「沒有，反而更糟。」焱用手攏了攏髮髻，低聲回答著。

「真枉費你過去還曾出家，你對人性了解還是太少。」藺子狐伸手又拿起幾個玉環套在焱手腕上。

「子狐兄，你覺得我做錯了嗎？」焱嘆著氣，問著。

「這種事情怎麼可能有對錯之分，愛這種情感原本就是虛無飄渺。這就跟喫飯一樣，有人覺得喫三分飽是飽，但也有人非得喫到吐才甘心。」蘭子狐看著妝點大功告成，拿著銅鏡讓焱檢視自己的妝容。

「那子狐兄呢？子狐兄對雲牡丹是三分飽還是喫到吐呢？」焱拉著蘭子狐的衣袖，問著。

「怎麼扯到我身上來了？我……我和牡丹是不一樣的啦！」蘭子狐沒想到焱會這麼問，一時之間也不知道該怎麼回答才好。

「不一樣嗎？怎麼個不一樣法？雲牡丹會怨你嗎？我感覺到賀茯苓對我有怨。」焱不能理解蘭子狐口中的不一樣，是怎麼個不一樣法。

「她當然怨啊！咱們靈狐一族本來就不是什麼善男信女，修練成人之後我們的人皮肉相又是絕頂美豔，你說，她能不怨嗎？她不但怨，而且也怕。怕你遺棄她、怕你另結新歡、怕她自己年老色衰……人啊，什麼都怨也什麼都怕。可是我的寶貝徒弟就不一樣啦！她不會怨這些，因為牡丹很清楚，咱們和人類不一樣。」蘭子狐雖然是自圓其說但也信心十足地說著。

「難道沒有辦法解決嗎？」焱心中的困惑全顯現在臉上，看著蘭子狐。

「這你可考倒我了，我只知道人類的慾望無窮，可卻沒想過如何阻斷人類對於慾望的遐想。」藺子狐玩著自己手上的指套，心底也思量著讓焱困惑的問題……

「難道子狐兄不擔心雲牡丹有朝一日也會變得如此嗎？」焱看著全身散發著自信的藺子狐，問著。

「我何必擔心？擔心總是多餘，這個人的本質和本性如何，完全是取決於生長環境。我想雲牡丹在我的調教之下，再怎樣都不至於變成賀茯苓那樣……欲求不滿。」藺子狐輕笑出聲，用衣袖掩著面，忍耐著要維持端莊。

「欲求不滿？」焱帶著疑惑的口氣，喃喃的複述著藺子狐的話語。

「總之，這種人就是你給她再多她永遠都覺得不夠。你若想滿足她，那就是累死自己也未必能滿足……今天這個、明天那個，永遠有新的慾望、新的恐懼、新的不安。妳就別花心思去想究竟該如何是好？這時候是什麼都不做才是最好！知道嗎？」藺子狐拔下手上精緻的指套，套在焱手上，順手拍了拍焱的肩膀，勸說著。

第九章　相思不如喫飽睡

藺子狐拉著妝扮好的焱，來到四閤院外的御花苑和犽王會合。因為接下來他們要和犽王演場戲，讓護國聖女以及滿朝文武百官把焦點放在犽王到底鍾意誰？

犽王和藺子狐假扮的靈霓裳公主以及焱所假扮的霧夕雪公主，三人在御花苑內笑鬧追逐著。這當中，舒羽來過一次，但不消半刻就被犽王打發走了。御花苑內揚起歡快的笑聲，犽王置身在笑鬧追逐之中。

在這場刻意展現的笑鬧追逐之中，藺子狐在舒羽離開沒多久後，也悄悄隱身離開御花苑，前往御書房做準備。

佇立在御花苑另一頭涼亭裡的雲牡丹，聽著那歡快的笑聲，看著犽王左擁右抱，雖然心底明知道那是演戲給別人看，但看著自己的師傅依偎在別人懷裡，雲牡丹心底頭也發酸呢！她別開臉去，嘟著嘴，數著自己心底的不舒坦。

雲牡丹知道這種情緒叫做喫醋。

但是為什麼叫做喫醋，雲牡丹就不是很了解，可師傅也說過，醋喫多了，傷身又傷神。

所以雲牡丹決定喫飽睡，反正睡死了，就什麼想法也都沒有了。

抱著跟雲牡丹同樣想法的還有舒羽以及賀茯苓，像是約好的一樣，這三個人在不同時間、不同地點紛紛喫飽睡。

不知道是誰說過，相思不如喫飽睡。

乍聽之下覺得有些無理，但是實際操作起來，喫飽睡確實是可以降低許多負面情緒。

就像是舒羽，忙著操辦犽王大婚，又得私查賀家雙千金失蹤一事……剛剛還被犽王召喚過去，犽王什麼也沒說，忙著跟西靈國和北霧國的公主摟摟抱抱，就塞給她幾張畫紙。

畫紙上頭畫的是春宮圖。

舒羽氣到把畫紙扔在地上，但是小憩了一會兒之後，又拿起畫紙來端詳。

犽王到底是從何處拿到這幾張春宮圖？

這春宮圖的畫工細膩，上頭還標示著人名、時間以及地點。重點是，畫紙的背後還有另一個人的筆跡寫下眉批。

舒羽看了約一個時辰，也苦惱了一個時辰。

亂倫，按照中曇國律例，受害者可以得到加害者的賠償，且加害者理應接受一百大板後，送到關外當苦役直到老死為止。

賀黃耆怎麼會有這個膽子？

如果這亂倫的事情是真的，那東窗事發之後，除了他的身家財產全數都變成賀芙蓉的之外，還得接受一百大板送至關外服苦役到老死……

難道賀黃耆認為那些與他交好的朝中大臣能夠力保他嗎？甚至畫紙背後還清楚寫著賀黃耆這些年來上繳了多少供養金給護國聖女。

舒羽心底暗自發愁。如果護國聖女問起如何查緝，她該怎麼跟護國聖女說是犽王給自己線索？那不就間接證明自己無能，需要靠犽王才能完成護國聖女指派的任務？反過來說，如果亂倫是真的，那也就不難想像為何賀家雙千金會失蹤，泰半是躲起來了。此外，若賀黃耆真上繳了那麼多供養金，護國聖女會接受自己調查的結果嗎？

事情有了眉目，但卻不知道該怎麼辦下去？知道了自己原本不該知道的事情，這要說犽王很厲害，還是自己仍能力不夠？左思右量，舒羽決定去找犽王攤牌，最起碼要問出犽王是如何取得這幾張春宮圖的？這消息來源可靠嗎？如果是有心人抹黑，那又該怎麼辦？

於是舒羽揣著沈重的情緒來到御書房，但沒見著犽王，倒是看見了傳聞中的帝師——蘭子狐。

俊男美女舒羽看過的也不算少，就連雲牡丹，舒羽也不得不承認無憂公主長大之後一定是個大美人。

但是眼前的帝師，美得令人屏息……

「犽王要我在這裡等妳，有問題就問吧！妳應該有很多問題想問，不過妳最想知道的，應該是那幾張春宮圖吧？」藺子狐盯著舒羽瞧。

「是的。」舒羽看著藺子狐容貌出神，心底讚嘆著藺子狐貌美的容顏。

「事實就像是春宮圖畫的那樣，我只能告訴妳賀家雙千金現在非常平安，只是這件事情傳出去，她們大概也沒臉活下去了。賀黃耆算準了他那兩個女兒不敢出賣他，所以才如此膽大妄為。」藺子狐氣定神閒的，看著面前望著自己出神的舒羽。

「可這案子若查下去，就算賀黃耆受到他應有的懲罰，那賀家雙千金又該怎麼辦？」舒羽回過神，輕聲的問著。

「很簡單啊，反正經商者多少有幾筆黑帳、見不得光的買賣。就讓犽王查封他家產，再給賀家雙千金一筆錢財，那不就好了。妳用不著這樣看著我，公平正義也是可以採取非常手段的。」藺子狐拂了拂衣襬，故作姿態地說著。

「這是犽王的意思？」舒羽思考著藺子狐所言的可行性。

「他有那麼聰明嗎？這當然是我的意思。我還能告訴妳，賀家雙千金都有意中人了，這件事情若傳出去，妳覺得她們還能有情人終成眷屬嗎？」藺子狐瞇著媚眼，用著質問的口氣問舒羽。

「但若是讓護國聖女知道我盤查得如此輕率，恐怕不妥。」舒羽被藺子狐瞅得有些臉紅，吶吶地說著。

「傻孩子，兩害相權取其輕。妳以為高詠心真的那麼沒腦嗎？她一定是知道些什麼，所以才故意讓妳去辦這件案子。亂倫這一回事兒，就算是有律法可管，但傳出去總是對受害者的二度傷害。妳這麼聰明，應該可以理解我的意思。想要皆大歡喜，就絕對不能撕破臉，惡緣善了嘛！」

「那我該怎麼做才好？」

「妳大可照實跟高詠心說，然後表示要奏請犽王配合。對犽王而言，這有殺雞儆猴的效果，少年帝王總想快點建立自己的威信嘛！更何況賀家做的是春藥買賣，舉凡強身健體、養顏美容、壯陽回春……之類的生意，都是油水肥厚。中曇國要強大，光徵收百姓的稅收仍是不夠的。搞幾件國營事業充實國庫，也是為民著想啊！」

「帝師所言甚是，但就不知道護國聖女……」

「丫頭，我跟妳說，高詠心就是愛面子，妳就說這樣做也是直接地表示護國聖女是非常挺犽王的。高詠心不也想和犽王修復關係嗎？朝中大臣雖然表面上尊重護國聖女，但實際上也只是把護國聖女拿來當作是牽制犽王的棋子而已。妳就這樣對高詠心說，相信我，她一定會氣到嘴巴都歪了，但絕對不會遷怒妳。」

「帝師又是如何確定護國聖女不會遷怒我呢？」

「人啊，不管活了幾百歲都一樣。愛面子有時是好事情，至少那會讓人懂得客觀思考。高詠心愛面子，所以她做什麼事情都是以最大利益值做考量。想來她這個護國聖女也做了上百年，這世間的人情冷暖，妳認為她會不知道嗎？她和犽王的關係緊張，也不單純只是犽王登基之後朝中大臣總是唱反調。」

「但護國聖女為國為民，不是嗎？」

「那是因為妳看到的是光明面。那黑暗面呢？高詠心也做過不少糊塗事兒，她自個兒心底清楚，我也用不著去掀她底牌。看在她和我那個無良師傅朋友一場，我只能告誡妳，天助自助者。」

「謝謝帝師告誡，舒羽先行告退。」舒羽看著藺子狐，腦海裡想著剛剛藺子狐說過的話，心底盤算著該怎麼跟護國聖女稟告……同時也想著，要是藺子狐能替自己去說服護國聖女就好了，那自己也就用不著這麼傷神了。

雲牡丹在御花苑的一隅，躺在女官抬過來的軟軟的羽毛榻上，這種觸感讓她回到嬰孩時期，躺在藺子狐的九尾上呼呼大睡的感覺……雲牡丹作了一個夢，夢境裡花團錦簇，一片又一片的花海讓人心曠神怡，然後雲牡丹在花徑裡繞來轉去，突然間看見水無月正撫摸著自己的師傅，揉了揉眼睛卻又變成犽王和藺子狐倒臥在花叢間。

這種感覺很不舒服，雲牡丹嘗試著要開口叫喚師傅，但卻開不了口。

接著花徑間伸出無數條藤蔓綑住自己的腳，雲牡丹放聲尖叫。

這一叫場景又變了，雲牡丹看見一個很漂亮的女人，那個漂亮的女人用充滿慈愛的目光對著她笑。

那個女人伸出手來摸了摸雲牡丹的肚子，然後漂亮的女人突然變成夜叉，血盆大口的對著雲牡丹嘶吼……

雲牡丹從夢境中驚醒。

瑟縮著身子忍不住發抖，腹部還傳來隱約的疼痛。

雲牡丹還以為是自己喫了太多點心，喫壞肚子。

正打算起身去解手時，看見潔白的羽毛榻上不知何時染上了一大片血跡。雲牡丹想起剛剛那個夢，連滾帶爬的衝了出去要找師傅求救。

「牡丹，妳怎麼毛毛躁躁的，走路不好好走幹麼用跑的？待會跌傷了要怎麼辦？」藺子狐變回靈霓裳公主的模樣正走到御花苑，就看見他心肝寶貝徒弟一臉慌張失措地跑著。

「師傅，我快死掉了！」雲牡丹的臉掛著淚痕，神情慌張地喊著。

「為什麼快死掉了？還有妳身上的血腥味是怎麼回事兒？哪裡受傷了？」藺子狐聽見雲牡丹的話，皺起眉頭，嗅著血氣心底大喊不妙。

「我不知道！我剛剛作了一個夢，有個女人摸我肚子，然後我就流血了……師傅，我是不是快死掉了？」雲牡丹急得眼淚像斷了線的珍珠落滿地，抱著肚子痛苦的跌坐在地。兩胯之間，猩紅。

蘭子狐被雲牡丹的淚水攪得心裡頭頓時也沒了主意。見雲牡丹抱著肚子喊疼，蘭子狐急得顯露了九尾狐的模樣。

就在那九隻尾巴像扇子打開甩啊甩的同時，焱出現了，連忙制止蘭子狐變成九尾狐。光天化日之下，西靈國的公主變成九尾狐，那不是拆了自己的台嗎？

焱看著難得露出慌亂神色的蘭子狐。原來每個人都會有死穴。如果說雲牡丹就是蘭子狐最大的弱點，那麼誰想活不長命就儘管找雲牡丹麻煩也不要緊，如此就能看見一尾千年道行的狐仙將那個人給生吞活剝。

焱雖然有些看好戲的心態，但這時也嗅到了不尋常的血氣味兒。雲牡丹那張好看的小臉蛋兒，現在失去平日的光采，慘白的面容、緊蹙著眉頭以及昏死過去癱軟的身子。

「子狐兒，先別忙著發脾氣，趕緊幫牡丹把把脈吧！」

蘭子狐聽見焱的提醒之後，深呼吸了幾口氣，按下脾氣，伸手幫雲牡丹把脈。

雖然過去時不時的就幫雲牡丹換血，但是雲牡丹此時的脈象急促又紊亂，蘭子狐也不知道是不是太緊張，竟然吐了一大口鮮血……

「子狐兄！你是怎麼了？」焱看著藺子狐吐出的血跡，愣著。

「這是天意啊！天意啊！雲牡丹體內屬於雲朝古國的血咒，甦醒了。」高詠心也來到御花苑，看著雲牡丹那張慘白卻淒美的臉，不由地想到了雲姚芝。

「妳是誰？」焱露出警覺的神情，用身體擋住對方的視線。

「你這隻小火狐不知道我是誰？我乃護國聖女高詠心。」高詠心抬高下巴，目光掠過焱，神情冷傲的看著躺臥在地上的雲牡丹和藺子狐。

而護國聖女的出現引起一陣騷動，也引起犽王的注意，他聞聲走上前，看見藺子狐假扮的靈霓裳公主摟著雲牡丹，而焱所假扮的霧夕雪公主擋在她們面前不讓護國聖女靠近。

「這是怎麼一回事？」犽王沈聲問著。

高詠心遣退御花苑內的婢女、內侍和女官，看著犽王，語帶不滿地說：「怎麼一回事？犽王你瞞了我多少事情，你還敢問怎麼一回事……藺若蘭把雲牡丹帶到王宮，你卻封她為無憂公主，敢問犽王，你這又是什麼意思？」

「朕……朕想善待雲氏後人！」

「好一句善待啊！這就是你思慮不周的後果！」

「好一句思慮不周啊！雲牡丹不但是雲朝的後人，更是朕親自冊封的公主，藺子狐是朕昭告天下的帝師，護國聖女有何理由不贊成?!」犽王看著地上的血跡，又看著昏死過去的雲牡丹，腦海閃過日前藺子狐才說過，他進宮就是為了找護國聖女拿解開雲牡丹身上血咒的火蓮子。

「犽王，我當護國聖女上百多年，就算沒有功勞也有苦勞，我輔佐你登上帝位，你倒是長大了，不把我放在眼裡了。今日若不是我嗅到戰神之血，你可知道接下來會發生什麼事情？」

「洗耳恭聽！」

「雲牡丹是雲朝古國的後人，當她體內的戰神之血甦醒，她會像發了狂的野獸一樣找強健的男人交歡，直到懷上胎。然後她會用自己的生命護胎，護胎的時間愈長，戰神之血就愈純厚。如果她產下女嬰那還沒事，如果她產下的是男嬰，那麼這個男嬰將會是戰神再臨，天下太平也將會成為過去……」高詠心在雲牡丹身上看見昔日雲姚芝的身影，語調顫抖地說著。

「可是妳有辦法抑制雲牡丹發作的，不是嗎？為何妳要袖手旁觀？」犽王看著藺子狐的臉色愈來愈蒼白了。

「犽王倒是懂得不少嘛！」

「朕命令妳立刻救朕的帝師和公主，否則朕不但會將妳過往暗地裡的所作所為公諸於世，並且把妳豢養的細作公開處死。」犽王口不擇言地急吼著。

「犽王心狠手辣得可真是時候呢！也不枉我一手栽培你登上帝位。」

「廢話少說！妳是遵旨還是要抗旨？」

「不是我不救，是我救不了！藺子狐幫雲牡丹換血，或許能抑制雲牡丹成長，但是雲牡丹終究是流著雲氏的血。雲朝古國的血咒若能解開，我當年又何必接下代理護國聖女的職責呢！現在血咒覺醒，藺子狐遭到戰神之血的反噬，就算是大羅神仙下凡來搭救，恐怕也為時已晚……」高詠心幽幽地說著。

雲牡丹在昏迷間仍聽見了護國聖女和犽王的對話，眼淚從緊閉的雙眼中流出。原來這麼多年來師傅替自己換血會害了師傅，原來自己是這樣的怪物，原來自己根本不應該存在，因為自己的存在是一個禍害。

焱看見雲牡丹的淚，替雲牡丹抹去她臉上的淚水。然後將虛弱的藺子狐扶到一旁。焱不相信就沒有辦法救雲牡丹和藺子狐，焱認為那根本是高詠心在找藉口……

焱，怒了。

他顯露出火狐真正的模樣，熊熊火焰竄出，那是幽藍的闇冥之火……焱縱身一跳，前爪踩著高詠心，那是極具威脅性的挑釁。

高詠心眼神中閃過一絲驚慌，雖然知道靈獸一族長期與人類交好，但火狐呢？火狐雖然也是隸屬靈狐一族，但幾百年下來並沒幾個人見過火狐。

火狐和九尾狐一樣的稀少，傳聞中火狐身上的火是鬼火，如今見著了，還真有幾分邪魅。

「沒用的！與其浪費力氣想殺死我，不如看看雲牡丹！」高詠心抖著嗓音，用手指著雲牡丹。

高詠心的話讓焱注意到雲牡丹，雲牡丹小小的身體開始有了變化，身體抽高，手腳抽長，那粉嫩的小臉變得豔麗，額頭上浮現出一朵如牡丹又像雲的圖騰……

「她身上的血咒，覺醒了。再不制止她，不用多久她就會開始找人交歡。」高詠心對著站在一旁的犽王喊著。

就像是在呼應高詠心的話一樣。雲牡丹張口呻吟扭動著身子，那光滑的肌膚白裡透紅又閃閃發亮，犽王看著這個傳說中的一刻出現在自己眼前，這時才知道原來雲朝古國的人，是這麼的絕美。

「你們都給我走開！」藺子狐那張俊美的臉，現在顯得有些狼狽。但是口氣中的堅決，讓犽王退到一邊去。

「喝……」焱低吼了一聲，那是試探性的詢問。

「焱，讓開！」藺子狐這時也沒力氣安撫焱了。在焱身上的鬼火襯托下，藺子狐顯露出九尾狐真正的姿態，壯碩的九尾擺盪著，銀白色的毛髮飛揚。

藺子狐用盡氣力顯露狐仙的真身，啣起躺在地上扭動的雲牡丹。此時的雲牡丹已經不是十七歲的女娃兒，衣裳凌空褪去掉落在地，露出胴體。全身散發著成熟、豐盈的女人姿態。那迷濛的眼、微張的唇，以及修長的四肢纏繞著藺子狐。

雲牡丹摟著藺子狐，笑著。

那笑聲是如此的催魂……

「犽王，請迴避吧！雲牡丹的笑聲是會魅惑男人的！被這種笑聲迷惑住，終身會神智不清。」高詠心拉著犽王離開。高詠心永遠都忘不了，之前聽過雲姚芝的笑聲。那勾魂攝魄的笑聲，讓男人發狂……

為今之計就是趕緊去拿火蓮子，火蓮的蓮子能讓雲牡丹身上沸騰的慾望降低一些。只是火蓮百年才結一次果，這會兒有沒有火蓮子，高詠心也不知道。

相較於高詠心的緊張，雲牡丹攀附在藺子狐身上尋求那種自己也搞不清楚的感覺。

火辣辣的、痠麻的、又是痛苦卻又覺得甜蜜。

過往畫春宮圖的記憶在此時展露無遺，雲牡丹雙手勾住藺子狐的脖子，變得修長的雙腿纏住藺子狐的腰際，扭動。

藺子狐運氣，回到人形的狀態，嘴角還掛著血痕，看著雲牡丹那渴求的模樣，低聲喃道：「牡丹，忍著點，千萬不要讓慾望控制妳。」

「唔……」雲牡丹聽見藺子狐的低喃，全身痙攣的縮了起來。

「牡丹，放輕鬆！妳是師傅的心肝寶貝，妳最聽話了……是不？」藺子狐看著雲牡丹痛苦的神情，他知道雲牡丹還沒喪失心智，卻不確定她能堅持多久不被血咒吞噬？

藺子狐眼眶流下血淚，從口中吐出一顆九尾狐之息。

九尾狐之息從藺子狐口中吐出時，散出如白霧的寒氣。那寒氣籠罩著藺子狐和雲牡丹……藺子狐知道這是釜底抽薪的做法，但是為了雲牡丹，藺子狐願意用狐仙的仙格和自己的生命來換取雲牡丹的平安。

藺子狐極力克制被雲牡丹撩撥起的慾望，專心一意的用九尾狐之息消耗著雲牡丹的精氣。

只見雲牡丹放任身子癱軟，就在藺子狐扶住要失神的雲牡丹之時，雲牡丹一個翻身壓制住藺子狐，用舌頭舔著藺子狐的臉、耳、脖子，在耳邊輕輕吹氣著，那情慾蠱惑著理智，她扭動著腰身尋找著目標。

「牡丹，為師寧願不當狐仙也不能失去妳……」藺子狐緊緊摟著雲牡丹，那柔軟的身軀在尋找迎合之處，那水潤的雙唇在尋求撫慰……藺子狐已經做好最壞的打算，將九尾狐之息送到雲牡丹的嘴裡，冀望那寒氣能讓雲牡丹降低痛楚。

刺痛和快感吞沒了雲牡丹的理智。

在霧氣的包圍之下，雲牡丹時而呻吟、時而抽氣，經過一個多時辰的體力勞動過後，蘭子狐和雲牡丹雙雙癱軟……

御花苑內，白霧退去。

其實蘭子狐不說也沒人知道剛剛那番激烈的體力活兒，也是他的初體驗。看著陷入沈睡的雲牡丹，蘭子狐的眼中只有愛憐。

經歷過歡愛的雲牡丹，就算是熟睡也顯得絕美，如彎月的眉毛、長長的眼睫毛、堅挺的鼻梁以及小巧的嘴唇。

蘭子狐想著他們的師徒關係是不是應該改變一下了？

「子狐兒，你還好嗎？」焱背對著他們，出聲問著從剛剛就不發一語的蘭子狐。

「焱，我要帶著牡丹離開。」蘭子狐摸了摸雲牡丹的臉龐，輕聲說著。

「離開？怎麼離開？你自個兒看看……」焱嘆口氣，有些無奈地看著御花苑內，數萬名御林軍將他們團團圍住。

「朕的帝師，可是醒了。」犽王從御林軍中走出，試探性地問著。

「犽王，咱們可是緣淺情深啊，看來我只能幫你幫到這兒了。你的大婚，我想我是無緣見證了……」蘭子狐提到犽王大婚，心底也想著自己是不是該效仿一下民間習俗給牡丹一個名分？

「帝師，莫說離別話語，朕甚感心慌……」犽王看著蘭子狐，不知道該說什麼才能挽留蘭子狐？

「心慌什麼？你可是帝王啊！該交代的我不是都和你說過了嗎？記得幫我把事情給辦了，那我就考慮承認一下我是犽王的帝師，但犽王不是我徒弟！」蘭子狐抱著雲牡丹，和焱一同消失在犽王面前。

御花苑內是寂靜一片。

犽王想起在御書房內，蘭子狐在自己耳邊的低語——

「說來當狐仙也當得夠悶了，沒有預期的轟轟烈烈，對人類也沒付出過啥建樹，如果雲牡丹體內的血咒真的覺醒，就由我來受過吧！

「我只有幾件事情要交代；你得跟舒羽成婚，幸福美滿。男人就是應該給女人一個幸福。你得好好當你的帝王，善用你的權勢為人民設想。

「還有，春滿樓的小翠，是個好女人，如果可以，請多關照她。至於賀黃耆那個老變態，我覺得脫光衣服遊街不錯。至於他一雙女兒，大女兒賀茯苓已經是焱的女人了。二女兒賀芙蓉要和水無月成親，你就當作是做好事，替我把這幾件事情給辦了吧！」

那些話與彷彿還在耳邊繚繞，只是藺子狐已經帶著雲牡丹消失了。犽王定了定神，從御花苑走回到御書房吩咐史官擬旨——

「奉天承運犽王詔曰：犽王曇雋與護國聖女繼任者舒羽乃宿世情緣，中曇國將與四國簽訂和平條約，往後無須通婚亦可保持邦交友好。犽王與舒羽擇日大婚。另，中曇國都城賀姓人氏長年販售偽藥，經查緝，其財產充公。其一雙千金替父求罪，犽王感念大婚在即，另行處分。」

犽王的詔書，貼得滿城都是，而當事人舒羽還在狀況外。急急忙忙地奔回王宮，要找高詠心問個清楚。

「姥姥！這到底是怎麼回事兒？」舒羽跑得上氣不接下氣，直奔護國聖女所住的高塔，卻在高塔下的火蓮池看見護國聖女，急忙的追問著。

「舒羽，妳如今已經是帝后，行為要端莊一點。」高詠心沒有回答舒羽的問題，看著池中怒放的火蓮還在憂慮雲牡丹和藺子狐的事兒……

「姥姥！」

「舒羽，妳當上王后之後，我多年培養的細作和密探也歸妳所管。妳要好好輔佐犽王管理中曇國，知道嗎？」高詠心握著舒羽的手，細聲交代著。

「姥姥！到底是發生了什麼事情？」舒羽想著自己不過是出宮查辦賀家的事情，怎麼宮裡就風雲變色了？

「舒羽，不用再問了，護國聖女已經沒有存在的必要，我知道妳現在心裡一時半刻也不能接受這改變，但是妳要記著，善用我交給妳的資源……真正的護國聖女其實早在百年前就死了。」高詠心說完話，踏入高塔將自己反鎖在內，任憑舒羽怎麼拍打都不再回應。

高詠心拾階走上高塔，從窗櫺看出去，中曇國的景色是那麼樣的美……自從百年前雲姚芝懷孕離開後，她為了扮演好代理護國聖女的職責，有多久沒能細看這美景？活了上百年，夠了！

高詠心笑著，從髮髻抽出珠釵往自己的脖子插進去……血汩汩地流出。

高詠心在斷氣之前，彷彿看見雲姚芝在對她招手……

舒羽破門而入，衝上高塔，映入眼簾的是倒臥血泊中的護國聖女，面容含笑。她盈著淚，跌跪在護國聖女前，對著護國聖女磕了三個響頭……

舒羽抹了抹臉上的淚，用軟榻上的錦褥蓋住護國聖女的遺體，然後喚來女官，合力將護國聖女的遺體抬下高塔。

舒羽將高詠心的遺體埋在火蓮池畔旁……沒有眾神來迎接，沒有仙樂飄飄，有的，只有堵在胸口說不出的惆悵。

七日後──

舒羽在一群女官的包圍下，換上帝后的九天玄鳳裝，戴上后冠，被簇擁著走上朝堂。

「朕，即日冊封舒羽為后，眾愛卿可有意見？」犽王對外封鎖了高詠心自戕的消息，宣稱護國聖女已得道成仙離開塵世。看著眼前跪倒一地的文武百官，心底是五味雜陳。

「吾皇萬歲，萬歲，萬萬歲。吾后千歲，千歲，千千歲。」文武百官對著犽王和舒羽叩首朝拜……

根據中曇國宮史，犽王卷，問政篇記載──

護國聖女高詠心得道成仙遠離塵世之後，犽王勤政。開放科舉甄選，設立文武百官官員考核制度。另設陳情處，中曇國全國百姓皆能透過陳情檢舉不法情事，共同監督國政……

而在中雲國犽王大婚過後一年，遠在北霧國和中雲國交界的深山裡，住著一對年輕男女。

這對男女正在研究他們的好朋友「小翠」開辦的「中雲國軼事館」的出版品。

這也是國營事業之一啊！只是由小翠擔任店東，彙整文章出刊，這銷路之好，可是連其他四國君王都虎視眈眈的肥水油田。

人民有知的權利。人對八卦和馬路訊息又容易上癮。

中雲國軼事館出版品每一刊分三版──皇家版、民間版、軼事版，內容蒐羅有趣，小翠還採訪了她的前夫「陳老爺」，細訴火災過後如何重建家園的心路歷程放在民間版。而犽王和帝后的相處以及國政訊息自然是放在皇家版。

早在賀黃者被舉發賣偽藥之際，犽王就商請小翠主導整個輿論的方向，模糊掉賀家雙千金曾被自己父親玷污的實情，再一手報導賀家雙千金遠嫁的實況，那是「中雲國軼事館」的創刊號呢！訊息放在軼事版。目前已經是絕版商品，市價更炒作到一本要一百兩金子了。

「師傅，您身體好些了沒有？」雲牡丹看著躺在榻上的藺子狐，問著。

「還不就是老樣子，多休息一會兒就好，妳別擔心……」蘭子狐話才剛說完，一陣疼痛就讓他噤了口，痛到快暈死過去……

回想雲牡丹血咒覺醒那日，蘭子狐冒險的用九尾狐之息企圖抑制血咒未果，卻和雲牡丹結合。

承蒙靈狐一族四處奔走，聯袂向天庭裡十八位羅漢和菩薩稟告。菩薩慈悲，念在蘭子狐是為了阻止因血咒而引發的浩劫，遂免去責罰。

只不過死罪可免，活罪難逃，蘭子狐保留狐仙仙格，但千年的修行被削去一半，九尾狐變成六尾狐。此外，王母娘娘還在蘭子狐身上多下了一道禁咒，蘭子狐不再能隨意轉換性別，另外以每日日夜交替時分得受陰陽交錯之苦，作為條件，交換西王母娘娘撤掉雲牡丹身上的血咒，還以自由之身。

這個結果，蘭子狐覺得是值得的！至少不用再擔心雲牡丹受血咒牽制，月月都得承受換血之罪。

「師傅，很疼嗎？」雲牡丹擰著手巾，幫蘭子狐擦拭著額頭冒出來的汗。

「疼！疼死我了！我比較想妳多疼我一點，而不是身體痛得發疼……」蘭子狐痛得齜牙咧嘴，還不忘耍嘴皮子。

「師傅，你想我怎麼疼你？這樣你會舒服一點嗎？」雲牡丹看著嘴唇發白的蘭子狐，急得像熱鍋上的螞蟻。

「如果妳親我一下，我可能會比較不痛一點……」蘭子狐痛到神情恍惚地說著。

「師傅，我親你真的有用嗎？你每一次都這麼說，可是你每一次都還是痛到暈過去……」雲牡丹急得紅了眼眶，但不忘在蘭子狐臉頰上親吻了一下。

「心肝寶貝啊，我想我知道問題是出在哪兒了……妳親錯地方了。要親，得親嘴才對啊！」蘭子狐痛到翻白眼，意識渙散……不忘估算時辰。

「師傅，我錯了！我親嘴、我親嘴！我馬上親，你撐著點啊……」雲牡丹急得哭了出來，把粉唇湊到蘭子狐嘴邊。

蘭子狐在痛到意識快要潰散之前，感受到雲牡丹的親吻，那粉嫩的香唇湊在自己嘴邊，蘭子狐貪婪的吸吮那睽違的香甜……

太陽西下，這可是蘭子狐接受西王母娘娘禁咒考驗第一次沒痛暈過去。拖了一年，今天終於可以把早該辦妥的事情給辦一辦了。

「唔……師傅還要親多久您才不疼？我嘴巴好痠啊！」雲牡丹噘著唇，輕聲問著。

「可能還要再親久一點，我好疼喔！」蘭子狐心裡竊笑著，手也不安分地在雲牡丹身上游移……

「師傅乖！師傅不疼……」雲牡丹一聽見蘭子狐喊疼，就更加賣力的親吻著。

「牡丹，還有一個方法能夠讓我更不疼……」藺子狐眯著眼，眼神裡充滿了魅惑。

「是要我親得更用力一點嗎？」雲牡丹疑惑著自己身上的衣物什麼時候褪到只剩下褻衣褲……

「是啊，除了親得更用力一點，就是我們的婚事也該辦一辦了……」藺子狐這話說得順溜，可是懷中的人兒卻停下親吻的動作。

「師傅，您這是在跟我求親嗎？」雲牡丹瞪大眼睛，問著。

「是啊，妳喜歡怎樣辦婚事呢？要張燈結綵？還是……」藺子狐話說到一半，伸手彈指，屋內頓時多了許多喜慶的紅綵、紅燭、紅紗幔，窗櫺上還停滿了喜鵲……雲牡丹身上多了大紅嫁衣。

雲牡丹驚奇地看著屋內喜氣洋洋紅通通的變化。

一年前，自中曇國王宮離開之後，雲牡丹就沒看過師傅施展仙術了。雲牡丹知道師傅為了救她，吐出九尾狐之息，之後又被削去五百年的修行……

「牡丹，看著我……」藺子狐握住雲牡丹的手，說著。

「師傅……」雲牡丹緊張的嚥了嚥口水，不知道師傅要自己看著他是要做什麼？

「雲牡丹，我藺子狐願與妳結為夫妻，照顧妳一生一世，不離不棄。雖不能給妳榮華富貴，可我保證衣食無缺。妳開心，我快樂。妳平安就是我的幸福……『枕前發盡千般願，要休且待青山爛。水面上秤砣浮，直待黃河徹底枯。白日參辰現，北斗回南面，休即未能休，且待三更見日頭（註：出自敦煌曲子詞）。』牡丹，妳可願意嫁給我？」蘭子狐真切地說著。

「我……我願意！」雲牡丹哭了，笑著哭了。

蘭子狐用手捧著雲牡丹的臉，低頭吻著雲牡丹。這吻，吻得似火烈，蘭子狐和雲牡丹在紅燭燈火下，結為夫妻。

就在蘭子狐和雲牡丹忙於新婚之夜的體力活兒時，喜鵲捎著蘭子狐和雲牡丹新婚的消息給遠在中壘國王宮的犽王和王后，以及在北霧國的水無月夫婦、燚夫婦……

尾聲　不想百年卻好合

站在藺子狐和雲牡丹隱世而居的小屋外，藺若蘭露出滿意的偷笑和奸笑……

是說兜了這麼一大圈，終於促成藺子狐和雲牡丹百年好合這麼一檔事兒，他藺若蘭，也算是達成任務了。

然而這個任務的起源，就得從千年前，紫妍真人和天穹狐星君下凡歷劫，天界的眾神仙們開起一場賭局說起……

雲朝古國的戰神血脈是否需要存留世上，在天界裡一直不斷的被討論著；有人認為戰神血脈不需要存在，因為這樣會造成許多殺戮，但也有人認為就算沒有戰神血脈的存在，人間依然會因改朝換代而造成殺戮，兩方的意見都各自有擁護者。

當時藺若蘭的師傅紫妍真人最不贊成雲朝戰神的存在。

紫妍真人認為人類不應該具有神力，更不應該借助神力去剝奪他人的性命達到統一的目的，於是私下一手主導雲朝走向滅國之途。

而天穹狐星君一直認為紫妍真人的想法和做法太過偏激，對紫妍真人趕盡殺絕的方式不以為然而持相反意見。他發現了紫妍真人居然私下主導雲朝滅國，便不斷地阻撓紫妍真人的行動。

樑子就此結下了。

正可謂神仙打架，凡人遭殃，雙方的明爭暗鬥，讓人間的局面更加混亂，最後紫妍真人技高一籌，利用當時地方上五大姓氏的勢力，總算殲滅了背後有天穹狐星君支持的雲朝古國，而後來的五大勢力也各自劃地為王。

這五大勢力後來則成了中曇國、東霽國、南雷國、西靈國、北霧國……

而這樣的情況被天界知曉，對他們兩人做出了處置：紫妍真人因為讓雲朝滅國背負殺戮之罪，所以必須下凡歷劫贖罪。而天穹狐星君雖然是想阻撓紫妍真人讓雲朝滅國，但是卻讓人世間無端死傷更多，因此一樣必須下凡歷劫贖罪。

就在紫妍真人和天穹狐星君下凡歷劫的同時，天界的眾神仙們開起賭盤——誰能讓這對冤家不再互相仇視，就能無條件晉級加薪。

只是不再互相仇視的定義為何？眾神仙們無法取得共識，直到月老提議讓他們許得一世情緣，天界的眾神仙們立刻興奮地一致通過月老的提議。

這凡人不知道啊！天界現在也搞起企業化經營，要晉級就得看考績，身為紫妍真人唯一徒弟，蘭若蘭當然不能錯過這個晉級升遷的機會，自告奮勇地報名了。

賭盤開得很大，賭贏了晉級升遷，賭輸了可就得革除仙籍下凡投胎。

蘭若蘭小心謹慎地下凡遊歷三界，尋尋覓覓才找到轉世過後的「天穹狐星君」，也就是蘭子狐。

蘭若蘭找到當時還是狐妖的蘭子狐，強迫對方拜自己為師。就在蘭子狐修練圓滿上天庭登記仙籍的時候，蘭若蘭才找到轉世過後的紫妍真人——雲牡丹。

而當時的雲牡丹還是一個嬰孩，蘭若蘭靈機一動，吩咐蘭子狐去雲朝古國的遺跡走一趟。

那個將雲牡丹託付給蘭子狐的垂死忠僕，是蘭若蘭假扮的。這個秘密，蘭若蘭決定死守在心底。

開玩笑，不管是自己的師傅紫妍真人又或者是天穹狐星君……都是自己惹不起的上仙。更別說現在的蘭子狐寶貝雲牡丹寶貝得緊兒，若是讓他知道這些苦難都是為了讓他們下凡歷劫的賭局增加困難度而起，自己不被抓起來大卸八塊，那才奇怪！

更何況，為了達成任務，蘭若蘭還打聽到月老大仙在這場賭局中，投資了五百年的香火呢！為此，他專程去找了月老大仙，三跪九拜，送上無數供品、以及黃金打造的金身，這才讓月老大仙睜一隻眼、閉一隻眼，畢竟五百年的香火，也不是一筆小數字呢！

現在任務也算是圓滿達成。促成蘭子狐和雲牡丹這一世未見百年卻好合，他蘭若蘭也能等候通知回去天界領賞。

不過，按照天界指導手冊，出現了幾個小小的意外……蘭若蘭有點擔心會影響自己日後的晉升的考核成績。

第一個意外是犽王。按照天界指導手冊，犽王應該是要迎娶北霧國的霧夕雪公主為后，西靈國的靈霓裳公主為皇貴妃才是。可是現在犽王卻和舒羽在一起，出這麼一點小小的錯誤，應該……不要緊吧！

第二個意外是小翠。按照天界指導手冊，小翠應當姻緣飽滿，可是現在怎麼變成中壘國軼事館的店東？是哪裡出錯了嗎？

至於焱和賀茯苓以及水無月和賀芙蓉，這是早就注定好湊在一起的兩對。

蘭若蘭想了又想，嘆氣了又嘆氣。是不是應該去找犽王商討一下，或許能有辦法先解決小翠的姻緣問題呢？

至於高詠心，因為自戕，聽說被貶到地界去。高詠心得到地界潛心修行五百年才能重新投胎……

正當蘭若蘭搖頭晃腦喃喃盤算著的同時，絲毫沒感覺到背後有一道凌厲的眼神正盯著他瞧……

是誰盯著蘭若蘭瞧呢？

雲牡丹沒想起來，蘭子狐卻記起了。天界裡不是只有紫妍真人愛記恨，天穹狐星君也不是省油的燈。

「妳怎麼現在才來？」藺子狐看著已經走得有些遠的藺若蘭，對著小翠唸著。

「今天是你大喜的日子，我可是提前出門了，誰叫你搬得這麼遠？還有啊！你這地圖畫得這麼不清楚，我著實在山裡繞了好些時候……」小翠揚著手裡一小塊布卷，埋怨地說著。

「如何？看不看得上眼？」藺子狐指著藺若蘭的背影，問著小翠。

「人都走得這麼遠了？是要我怎樣看啊！不過從背影看過去，感覺有些眼熟呢！」小翠眯著眼，努力想瞧個仔細。

「還能是誰呢！不就是我那個散仙師傅。他暗算我，我回敬他！他是妳的了，妳想怎樣折磨他、蹂躪他、羞辱他、摧殘他……我都沒意見。他以為我什麼都不知道，卻忽略了我也有自己的人脈。要不是被他這樣暗算，我現在又怎會如此狼狽？」藺子狐扳著手指喀喀作響，咬牙切齒地說著。

「那我就不客氣嘍！還真沒機會好好實際研究一下，仙人跟凡人的差別呢！」小翠心底想著一年前在春滿樓，見著妝扮成胡姬時的媚態，又看著藺子狐現在氣呼呼的模樣……落差還真大啊！

「沒問題！這一年來，為了減輕西王母娘娘在我身上下的禁咒的苦痛，我可是意外研發出不少奇特的藥品……過些時候，我會將他五花大綁送去都城給妳。」蘭子狐一臉恨恨地說著。

「呵呵，等我好好『享用』過後，我會把心得刊登在中曇國軼事館的出版品上！」小翠看著蘭子狐那一臉憤恨，忍不住笑出聲。

「還有啊！如果需要找人畫插圖，可以提早通知牡丹！我們很願意替蘭若蘭畫上唯美的插圖來個雅俗共賞……」蘭子狐摟著剛睡醒、揉著眼睛走出屋外的雲牡丹，對著小翠連聲保證著。

「看來你不把你那個無良師傅往死裡整你不快活啊！」

「總是要出口氣的嘛！想我當年在天界也是一個呼風喚雨的天穹狐星君，他這個小小的散仙膽敢暗算我，我一定要讓他喫不完兜著走！」

「是、是、是！您現在依然是能夠呼風喚雨，集俊俏和美豔於一身的狐仙大人。還有啊！今天是你和牡丹新婚的第一天，快進屋去吧，哪有人在新婚就想著這些的，你想著你的美嬌娘就夠了，我還得趕回都城去忙著呢！」小翠把蘭子狐和雲牡丹推入屋內，踏著輕快的腳步返回都城……

從窗櫺看著小翠離去，蘭子狐摟著還睡眼惺忪的雲牡丹，嘴裡哼唱著：「風吹過，雲飄過，紛紛擾擾也走過。未見百年催人老，未見真情愁上樓……誰又許得一世情，未見百年又好合。但願天下有情人，皆能白頭守到老……」

——全書完

文創風 003

不想百年卻好合

國家圖書館出版品預行編目資料

不想百年卻好合 / 櫻桃牡丹著.
-- 初版. -- 臺北市 : 狗屋, 民100.10
面 ; 公分
ISBN 978-986-240-673-1（平裝）

857.7 100018598

著作者	櫻桃牡丹
發行所	狗屋出版社有限公司
地址	台北市104中山區龍江路71巷15號1樓
電話	02-0776-5889～0
發行字號	局版台業字845號
法律顧問	蕭雄淋律師
總經銷	知遠文化事業有限公司
電話	02-2664-8800
初版	100年10月
國際書碼	ISBN-13 978-986-240-673-1

定價250元 推廣特惠價199元
狗屋劃撥帳號：19001626
網址：love.doghouse.com.tw E-mail：love@doghouse.com.tw

狗屋硬底子，臺灣文創軟實力，原創風格無極限！